KB160269

길들지 않는
나를 찾습니다

길들지 않는 나를 찾습니다 원제 : STRAYDOG

캐테 코자 지음 | 이윤선 옮김

초판 인쇄일 2008년 11월 21일 | 제3쇄 발행일 2011년 6월 8일
펴낸이 조기룡 | 펴낸곳 도서출판 내인생의책 | 등록번호 제10-2315호
주소 서울시 마포구 합정동 433-28 2층 121-887
전화 (02)335-0449 | 편집 (02)335-0445 | 팩스 (02)335-6932
E-mail bookinmylife@naver.com
홈카페 http://cafe.naver.com/thebookinmylife
편집 김정옥 | 디자인 김경수

ⓒ 2002, 캐테 코자

STRAYDOG by Kathe Koja
Copyright ⓒ Kathe Koja, 2002
Korean translation copyright ⓒ 2007 by TheBookinMyLife
PUBLISHING CO.
All rights reserved including the right of reproduction in whole or in
part in any form. This korean edition published by agreement with
the author and the author's agents, Ralph M. Vicinanza, Ltd.
through Shin Won Agency.

이 책의 한국어판 저작권은 신원 에이전시를 통한 RALPH M. VICINANZA, LTD.
와의 독점계약으로 한국어 판권을 내인생의책 이 소유합니다. 저작권법에 의하여 한
국 내에서 보호를 받는 저작물이므로 무단전재와 복제를 금합니다.

ISBN 978-89-91813-27-4 03840

＊ 책값은 뒤표지에 있습니다.
＊ 잘못된 책은 구입처에서 바꾸어 드립니다.

길들지 않는 나를 찾습니다

캐테 코자 지음 | 이윤선 옮김

내인생의책

차례

1장
길들지 않는 들개가 되겠어

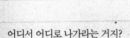

어디서 어디로 나가라는 거지?

사람들이 원하는 모습으로 되기 위해 왜 나를 바꾸어야 해?

그래야 사람들이 내 머리를 강아지처럼 쓰다듬으며,

나를 평범한 여자아이로 여길까?

그럴 바에야 난 차라리 혼자이기를 택하겠어.

누군가의 우리에 갇히느니 길들지 않는 들개가 되겠어.

레이첼, 라이첼, 래첼.

경사진 책상에서 글을 쓰다 보니 오른쪽 팔이 저리다.

레이첼, 레체.

내 이름을 어떻게 쓰든, 나는 나다. 난 여전히 여기 있고, 여전히 싸구려 공책에 괴발개발 글을 끼적거린다.

존 트루만, 코트니 디마티노, 첼시아 데인 같은 수준의 애들에겐 가당치도 않은 고급 국어 시간에!

첼시아 데인? 걔가 고급 수준인 건 딱 한 가지다. 한심하게 굴기지! 특히 나한테.

하지만 나는 첼시아나 우리 반, 아니 학교 자체에 관심 없다. 엄마는 내가 학교를 좋아할 거라고 착각한다.

"넌 정말 똑똑하니까 뭐든 잘 해낼 거야."

왜 안 그렇겠어? 학교에선 점수가 다니까.

또 "학창시절이 생애 최고로 행복한 시간이란다."

난 어른들이 왜 이런 쓸데없는 소리를 하는지 모르겠다.

그래도 크루첼 선생님은 예외다. 우리 반은 얼간이들을 여기저기서 끌어 모은 집단이지만, 선생님은 그렇지 않다.

"보통은 너희덜이 잘 아는 걸 쓰라고 하지만."

선생님이 말한다. 선생님은 발음에 약간 문제가 있어서, 그들을 '그덜'로 혀 짧은 소리를 하는데, 아이들은 그걸 꼬투리 잡아 선생님을 놀린다. 선생님은 학생들이 놀리는 소리를 분명히 들었는데도 별로 신경을 쓰지 않는 눈치다.

"하지만 나는 너희덜이 알디 못하는 것을 쓰는 게 훨씬 더 중요하다고 봐. 다시 말하자면, 너희덜을 아프게 하는 것, 무섭게 하는 것, 너희덜을 슬프게 하는 것 등을 써 봐. 그게 이번 작문에 써야 하는…… 레이첼?"

검은 머리에 검은 재킷을 입고, 은색 강아지 모양의 핀을 꽂은 선생님이 어느새 내 옆에 와 있다.

"어떻게 돼 가니? 오늘은 낼 수 있겠니?"

레이스, 리포트, 레깅스.

"네."

나는 공책을 팔뚝으로 가리면서 건성으로 대답한다. 선생님은 내가 거짓말한다는 걸 안다. 그런데도 선생님은 당장 보여 달라고, 확인하자고 달려드는 스타일이 아니다. 그래서 나는 오십 번이나 쓴 이름을 휙휙 그어 버리고 쓸거리를 생각해 본다.

책상 건너의 첼시아가 손을 든다. 손톱은 복숭아색이고, 손가락엔 남자 친구의 굵은 졸업반지가 끼워져 있다. 당연히 '이번 주의 남자친구'겠지?

쟤가 어쩌려고? 왜 저러는 거지?

"크루첼 선생님! 얼마나 길게 써야 하죠?"

"글쎄, 필요한 만큼, 첼시아."

"뭐에 필요한 만큼요?"

"다 물었니?"

선생님은 인내심이 대단하다. 정말 어떻게 이 상황에서 돌아버리는지 않는지 모르겠다니까.

"네가 쓰고 싶은 거랑, 독자가 알고 싶어 하는 것을 모두 쓰고 나면, 그때 그만 쓰렴."

첼시아는 못마땅한 표정을 짓는다. 뒷자리의 존 트루먼이 연필로 그녀의 뒷머리를 튕긴 것이다. 그러자 존을 향해 눈웃음을, 그것도 잡지 표지에 나올 법한 천박한 웃음을 짓는다.

분명 거울 앞에서 저런 식으로 웃는 연습을 백만 번도 더 했을 거야.

난 낙서 위에 다시 낙서를 하면서 생각해 본다. 나를 아프게 하는 것, 슬프게 하는 것…….

그때 첼시아가 나를, 내 노트를 보다가 작은 소리로 묻는다.

"넌 얼마나 썼니?"

어휴, 그래, 내가 바보 같다고 무시할 때는 언제고? 나한테 뭘 바라는데?

그래서 나는 여느 때처럼 첼시아를 무시하고 계속 글을 쓰는데, 첼시아는 "얼마나 썼는데?" 하며 끈질기게 물고 늘어진다. 마치 내가 자기를 도와주기로 약속이라도 한 것처럼, 당연히 도와주어야 한다는 듯이.

내가 고개도 들지 않고 "네 거나 써."라며 소리죽여 말하자, 첼시아가 이 사이로 한 마디 툭 내뱉는다.

싸가지 없는 년?

그렇게 욕했나?

앞자리 코트니 디마티노가 낄낄거리는데 그 소리가 깨진 유리컵을 울리는 소리 같다. 하지만 난 고개도 들지 않은 채, 거미가 휙휙 실을 짜듯 계속 글을 써내려간다. 보호소에서 한 번 본 개, 커다란 초콜릿색 래브라도 종에 대한 이야기다. 그 개는 몹시 좁은 우리에 종이가 구겨지듯 처박혀 있었다. 몸피에 비해서 개 우리가 너무 작아 제대로 서 있을 수도 없었다. 길 잃은 개는 많은

데 우리는 모자라고, 버려진 개들은 많은데 입양을 원하는 집은 턱없이 부족하다.

종이 울리고 선생님이 말한다.

"그만, 시간 다 됐다. 나가면서 제출해."

나는 의자를 밀고 가방을 싸서는 여느 때처럼 제일 끝에, 선생님 책상 앞으로 나가서 말한다.

"아직 못 끝냈어요. 전 점심시간 끝나고 낼게요."

"그대로 내도 돼. 초고일 뿐인데, 알잖아?"

"아니요. 전 마무리 짓고 싶어요."

그래서 일부는 수면제가루를 돌아다니면서 마구 뿌려대 반 아이들 모두를 침을 질질 흘리며 자게 만드는 카페키 선생님의 생물Ⅱ 시간인 3교시에 하고, 또 일부는 점심시간에 할 생각이다.

날씨도 적당히 따뜻해서 점심시간에 카푸치노와 먹지도 않을 사과를 챙겨 동쪽 계단으로 간다. 무릎 위에 공책을 올려놓고 글을 쓴다. 계단에 앉으면 주차장 옆으로 늘어선 느릅나무와 떡갈나무가 보이는데, 그 나무들은 학교보다, 또 나무 뒤로 보이는 집들보다 훨씬 오래되어 보인다. 나무들은 이따금 내 기분을 풀어 준다.

나쁜 일은 모두 지나가기 마련이야. 정작 문제인 것은 나쁜 일이 영원히 지속될 것이라고 예단하는 것이라고…….

아이들은 계단에서 점심을 먹는 나를 이상하게 여긴다. 걔들은 여러 이유로 나를 괴짜로 취급한다. 내가 내 생각을 말하니까.

왜냐하면, 나는 나니까.

이게 백만 명의 친구를 사귈 수 없는 이유라니!

실제로 그래서 나는 친구가 하나도 없다. 어쩌면 친구라고 여길 만한 사람이 없다는 게 맞는 말이다. 나에게 친구란 자기 자신, 진짜 자신을 함께 나눌 누군가를 의미한다. 근데 여기서는 어느 누구하고도 나 자신을 함께 나누고 싶지 않다.

엄마는 항상 심심한 내 친구관계가 문제라고 긁는다.

"노력 좀 해 보렴, 애들에게 전화도 하고, 나가기도 하고!"

어디서 어디로 나가라는 거지? 사람들이 원하는 모습으로 되기 위해 왜 나를 바꾸어야 해? 그래야 사람들이 내 머리를 강아지처럼 쓰다듬으며, 나를 평범한 여자아이로 여길까? 그럴 바에야 난 차라리 혼자이기를 택하겠어. 누군가의 우리에 갇히느니 길들지 않는 들개가 되겠어.

마지막 시간인 역사수업이 끝난 후, '개의 일생'이라고 제목을 붙인 작문을 내러 크루첼 선생님에게 들른다. 선생님은 아주 예민해 보이는 신입생 때문에 골머리를 앓는 것 같다. 그래서 그냥 책상 위에 글을 두고 나온다. 아무튼 서둘러야겠다. 오늘은 보호소 가는 날이다.

보호소에서는 일이 이렇게 진행된다. 보호소에 들어서자마자 환풍기를 켜고 통풍구를 연다. 배설물을 모으고, 으윀! 그걸 컵에 담는다. 개들을 우리 밖으로 몰아내 운동장에 풀어 넣는다. 우리를 소독하고 개들을 도로 우리에 넣는다. 운동장에 호스로 물을 뿌린다. '특수 규정식' 카드를 반드시 점검한 뒤 먹이통과 물통을 채운다. 어떤 동물이 몸 손질이 필요한지 그리고 어떤 동물에게 발톱 다듬기, 귀 청소, 벼룩 제거 같은 걸 해 주어야 하는지 꼼꼼히 적는다. 운동을 시킬 때는, 제일 큰 개를 먼저 시키든, 제일 흥분한 개를 시키든, 그날 가장 운동이 필요하다 싶은 개를 먼저 시킨다(보호소 뒤에 담장이 쳐진 약 2천 제곱미터 넓이의 뜰이 있는데, 거기에는 개들이 줄기차게 오줌을 갈기는 나무가 두어 그루 있다). 운동 후에는 물을 조금 더 준다. 하지만 너무 많이도 안 되고 너무 빨리 줘서도 안 된다. 개는 헛배가 불러 위가 늘어나면 죽을 수도 있다. 조금이라도 이상하다 싶은 일은 뭐든 동물우리 카드에 적는다. 뭔가 크게 잘못된 것 같으면, 발을 뻗다든지, 토했다거나, 전염성 기관지염을 앓는다고 생각되면 보호소장 멜리사에게 알린다. 바닥을 물청소하고, 그다음에 손을 씻는다. 개똥이나 좋지 않은 것이 묻었을 수도 있으니까. 그 뒤로는 창고에 있는 사람들에게 도울 일이 있는지, 봉투 작업이든 뭐든 할 일이 있는지 알아본다. 보호소 사람들은 내게 전화 응대나 분양 업무를 시키지 않는다. 그

일을 하려면 법적으로 열여덟 살은 넘어야 한다. 아무튼 내 일은 개 돌보기다. 자원봉사자 양식에 그렇게 쓰여 있다. 내가 맡은 일을 다 마치고, 누구도 내 도움을 원하지 않으면, 진짜로 내가 여기서 하고 싶은 일을 하면 된다. 바로 개들이랑 뛰어노는 일.

나는 동물에 꽂힌 사람이다. 내 말은 나는 모든 동물을 좋아한다는 것이다. 그렇지만 나는 개에 관한 한 진짜를 안다. 개한테는 뭐랄까, 사람을 사랑하는 방식이나, 사람들이 뭘 하든 옳다고 무조건 따르는 것을 보면 아주……아주, 순수한 그 무엇이 있다. 난 개한테 말도 하고, 뭐든 다 털어놓는다. 내면에 도사린 악한 생각이라든지, 아무한테도 말 못하는 고민 같은 것들 말이다. 개들은 이해하지는 못해도 듣기는 하니까. 그래서 난 개가 무지 좋다.

근데 난 개를 키울 수 없다. 엄마는 개 알레르기가 심해서, 알약이랑 흡입기 등 모든 처방을 받았지만, 내가 보호소에서 입었던 옷은 빨지도 못 한다. 어릴 때 난 도저히 납득할 수 없었다. 개를 키운다고 어떻게 누가 아플 수 있는지? 정말 이해가 안 갔다. 부모님이 그냥 내게 야박하게 군다고 여겼다. 그래서 나는 더 간절하게 애완동물을 원했다.

그때 브랫-난 아빠를 브랫이라고 부른다-은 나에게 값비싼 열대어를 어항 가득 사주었다.

"동물은 동물이잖니? 맞지! 지느러미나 털이나 뭐가 달라!"

물론 나는 물고기 돌보는 법을 알지 못했다. 열대어는 키우기가 몹시 까다로워서, 일주일인가 이주일이 지나자, 몽땅 죽어버렸다. 그러자 아빠는 나더러 책임감이 부족하니까 애완동물을 키울 자격이 없다고 말했다. 그만하면 아빠가 어떤 식으로 생각을 하는지, 알 만하지.

그렇게 집에는 애완동물도 없고, 동물을 키울 기회조차 잡을 수 없어서, 나는 카이저 씨 집의 푸들 '새시'를 보러 아래 동네로 가곤 했다. 카이저 씨 부부는 늙은 데다, 성질도 괴팍한 편이었다. 새시도 성깔이 더럽기는 마찬가지다. 희미한 갈색 눈에 빛바랜 하얀 털이었지만, 그래도 내게는 괜찮았다. 나는 언제나 새시를 마음껏 쓰다듬을 수 있으니까. 내게는 그걸로 충분했다. 아빠는 당연히 그건 정말 이상한 짓거리라며, 내가 이웃 여자애들과 바비 인형놀이 따위를 하며 놀아야 한다고 주장했다. 나는 아빠가 엄마한테 잔소리하는 걸 들었다.

"레이첼은 왜 친구가 하나도 없지? 쟤는 왜 길 건너편의 여자애, 그 금발머리 애랑 놀지 않는 거야, 걔 이름이 뭐였더라?"

"카라? 아, 이름이 정확하게 생각 안 나네요. 레이첼은 걔가 맘에 안 드나 봐요."

엄마는 특유의 불안함이 묻어나는 투로 대답했다.

카라가 맘에 드냐고? 카라는 학교에서 친구들이 마실 우유에 침을 뱉는 사이코다. 아빠는 그 이유로도 불충분한 모양이다.

"내가 보기에 레이첼은 좋아하는 게 하나도 없어. 엘리사, 당신이 레이첼을 너무 방치하나 봐."라며 두고두고, 모든 게 엄마의 잘못인 양 나무랐다. 나는 여전히 혼자인 게 좋았지만, 엄마는 아빠 잔소리가 성가셨던 모양이다. 엄마는 내게 줄곧 이런저런 여자애를 집으로 초대하라거나, 축구부나 방과 후 미술 또는 체육관 정규 회원 등에 가입하라고 달달 볶았다. 나는 엄마에게 그건 그리 좋은 생각이 아닌 것 같다고 말해 보기도 했지만, 얼마 안 가, 내가 포기했다. 이건 미운 오리에게 왜 다른 오리와 수영하러 가지 않느냐고 묻는 것과 같았다.

그래서 방과 후에 다른 아이들이 운동을 하거나, 밴드 연습을 하거나, 어딘가로 놀러갈 때 나는 홀로 학교를 나왔다. 나는 따로 카이저 씨 집으로 가서 새시랑 놀거나, 집 뒤뜰 제일 안쪽의 인동 덩굴 줄기 옆으로 가서 다람쥐와 새를 지켜보거나, 공책에 글을 끼적거렸다. 그런 공책이 백여 권은 되고, 모두 내 옷장 뒤에 쌓여 있다. 그 공책들을 한 번도 들쳐보지도 않았다. 그래서 '싹 치워버려야지' 하는 생각이 들면서도, 좀처럼 버려지지 않는다. 이상하다.

물론 나는 그 공책들이 있어서 초등학교 시절을 무사히 지낼 수 있었고, 중학교 시절도 버티어 낸 것 같다.

괴짜들과 있기엔 너무 똑똑한 거 같고, 똑똑한 애들과 있기엔 너무 괴짜라면 어떻게 할까?

학교 식당에 나 같은 아이가 앉을 자리가 없다면? 싸워야 하나? 아님 도망가야 하나? 그것도 아니면 나를 대대적으로 개조보수공사를 해서 맞춰야 하나? 아님 그런 것들을 모조리 적어놨다가 소설을 쓸 때 소재로 써먹어 무(無)에서 유(有)를 창조해내든가 해야 하나?

마당 뒤편에 혼자 쪼그리고 앉아 왜 아무도 내가 보는 것들을 보지 못하는지? 영하 10°를 밑도는 한파에 새나 다람쥐, 떠돌이 개나 고양이 같은 동물들이 추위와 굶주림에 시달리는데, 왜 나 혼자만 속상한지? 왜 아무도 나 같지 않은지? 정말 나 같은 종은 이미 모두 멸종되고, 나만 덜렁 살아남은 것 같다.

언젠가 공책에 그렇게 쓴 적이 있다.

나는 멸종 직전에 놓여 있다.

그때 멍청한 체육선생님이 내 공책을 보고 부모님에게 전화했다.

"제가 보기에 레이첼은 자기애가 결핍되어 있어요."

내 정신이 맛이 가서 체육관 높은 지붕 위에서 뛰어내리기라도 할 것 같았나 보다. 졸지에 우리 부모님과 나는 상담 담당인 하일선생님-애들이 하일 히틀러라고 부르는-을 만나 그 알량한 '상담'을 받아야 했다. 부모님이라고 했지만, 이때는 엄마를 말한다. 아빠는 언제나처럼 다른 곳에, 끝도 없는 출장 중에 있었으니까.

도대체 아빠는 왜 집에 들어오는 걸 싫어할까?

하일 선생님은 엄마에게 내가 실제로 자살을 감행할 유형은 못 되지만, 조금 더 활발하게 또래와 어울릴 필요가 있다고 조언했다.

맙소사! 하느님! 감사합니다! 프로이드 박사님! 땡큐!

처음에는 난 우유에 침을 찍찍 뱉는 카라에게 전화라도 해야 할 것 같았다. 그런데 실제 달라진 것은 아무것도 없었다. 체육관에 공책을 안 가져가는 일과 몇몇 아이들이 얼마간 나를 미쳤다고 놀린 것 빼고는. 그깟 거, 별 일도 아니다.

아참, 보호소 얘기를 하는 중이었지.

내가 보호소를 알게 된 건 순전히 우연이었다. 지난 해 생물I 시간에 동물원으로 현장 학습을 갔다. 십 대들이 동물원이라니? 좀 유치하게 생각하겠지만, 우리는 거기서 '현장실습', 즉 동물원 직원들과 인터뷰하는 일을 하게 됐다. 사실 제법 근사한 일이었다. 아무튼 우리 모둠을 지도하는 남자는 주말에 보호소에서 일하는 자원봉사자였는데, 얼마나 일이 힘든지, 하지만 또 얼마나 보람 있는지 그리고 동물들에게 새 보금자리를 찾아주려면 어떻게 도와야 하는지 등을 말해 주었다. 그 자원봉사자는 보호소의 전단("애완동물을 도와 주세요 / 생명을 구해 주세요.")을 보여주었다. 그래서 다음 토요일 나는 보호소에 갔다. 그냥 어떤가 보려고.

뭔가를 보고 그게 바로 자신의 일이라는 걸, 한눈에 알아본 적이 있는지? 열쇠가 자물통에 딱 들어맞듯이 그냥 알아버린 적이 있는지?

보호소는 내게 낯설지 않았다. 마치 내가 그곳에서 태어난 것 같았다. 처음엔 보호소장인 멜리사는 내가 어리다고 미더워하지 않았다. 그렇지만 독립군인 나는 개의치 않았다. 나는 줄기차게 찾아가고, 또 찾아갔다. 결국 멜리사는 "아, 알았어!"라고 말하며 내게 초록색 앞치마를 주고, 정식으로 내 이름을 보호소 일정표에 올렸다.

"봤죠?"

나는 말했다.

"난 여기 사람이라고 말했잖아요."

"그러게. 걔들이 너를 좋아하는구나."

멜리사가 말했다.

여긴 재미있는 곳은 아니다. 동물을 안락사(나는 '재운다'는 표현을 쓰지 않는다. 동물들은 쿨쿨 자는 게 결코 아니다. 죽임을 당하는 거다.) 시키는 곳이 '재미있을' 수 없겠지만, 좋은 곳이다. 동물을 씻기고, 수의사를 도와주고, 동물들에게 먹이를 준다. 난 특히 먹이

주는 일이 좋다. 먹이를 줄 때, 개들은 행복에 겨워 환장한 듯하다. 마치 자기가 상상할 수 있는 모든 근사한 일이 한꺼번에 굴러들어온 것처럼 좋아한다. 특히 이 개들은, 한때 누군가 돌보거나 키웠지만…… 주인이 이사를 가버리거나, 갑자기 갓난아기가 생기거나, 아님 단지 동물을 키우는 일에 싫증이 났다는 이유로, 필요 없어지면 휙 던져버리는 장난감으로 여기는 사람들이 그냥 길거리에 몰래 풀어 놓아 버리거나, 현관 앞에 쓰레기 버리듯이 내버린 녀석들이다. 모르겠다. 사람들이 어떻게 그렇게 잔인할 수 있는지? 솔직히 모르겠다. 멜리사는 사람들에게 공감능력이 없어서라고 말하는데, 내가 보기에 그들은 '생각'이라고는 없는 사람들인 것 같다. 이 개들은 사람 손을 탔기 때문에 혼자서는 살아갈 수 없다. 그들은 결국 차에 치이거나, 병들거나, 굶주려 죽는다.

하지만 태어나면서 버려진 거리의 개는 다르다. 그 개는 길들일 수도 없고 심지어 살짝 쓰다듬을 수도 없다. 정말이다! 거리의 개, 야생 개는 절대 사람의 손길을 필요로 하지도 않을 뿐더러, 사람을 믿지도 않는다. 그 개들은 야생이다.

오늘 보호소에 들어가면서 본 그 개처럼! 콜리 잡종 암컷인데, 눈부시게 아름다웠다. 비록 지저분했지만! 개는 복도 맨 끝 우리에 웅크린 채 조용히, 모든 것을 지켜보았다. 하지만 내가 가까이

다가가자 완전 미쳐 날뛰었다. 쇠창살이든, 자기 몸이든, 닥치는 대로 물었다. 내가 뒤로 물러서서, 멀찍이 멀어질 때까지. 그 으르렁 소리는 쇠 찢어지는 소리같이, 귀에 거슬리고 위험하고 강력했다. 개는 비틀거리며 뒷걸음치다가 상처 입은 뒷다리 쪽으로 몸의 반이 쓰러졌는데도 으르렁거리는 것을 멈추지 않았다. 창살 뒤로 하얀 새 붕대가 보였다.

"대단하지 않아? 윙윙 돌아가는 전기톱 아래에 손을 내밀고 있는 느낌이야. 꼭 독 오른 계집애 같지 않니?"

제이크다. 제이크는 하얀 턱수염이 덥수룩한 할아버지 인상의 덩치 큰 아저씨다. 멜리사 말고, 보호소에서 나와 이야기를 나누는 유일한 사람이다. 처음 왔을 때 이렇게 생각했다.

오, 완전히 한 가족이네.

우리 모두는 동물을 사랑하니까, 그렇지 않은 사람들은 여기에 없을 테니까, 그렇지 않아?

하지만 우리 사이는 서열관계라고 해야 정확하게 표현한 것 같다. 그런 서열관계 때문에 5년 동안이나 멜리사의 일정을 가장 먼저 정하고, 기금 모금 달리기 대회 같은 것도 멜리사가 주관하고, 멜리사가 "내 손톱깎이 쓰지 마! 내 앞치마 가져갔지?" 같은 잔소리를 할 수 있는가 보다. 그런데 이런 모든 게 도대체 동물들하고 무슨 상관이지? 그래서 난 보호소에서 적응하는 데 좀 어려움이 있었다. 멜리사는 날 보고 "까탈스럽다."고 하고, 제이크는 그런 건 걱정 말라고 멜리사에게 말한다. 그래서 난 제이크가 좋다.

"어젯밤에 밴을 몰고 나갔어."

제이크는 강아지 우리에 기대어 서서 말했다. 그는 다부진 갈색 손가락과 손을 강아지들이 깨물고 씨름하게 내버려두었다.

"동부지역에 나가면 형편없이 후진 동네가 나오잖아. 빈 집도 많고. 알지? 애들이 떼거지로 몰려 약하는 데? 그 애들이 개가 있다고 말해주더라고."

제이크는 콜리 잡종 쪽으로 고갯짓을 했다.

"창고 같은 데에 처박혀 있었는데 제대로 걷지도 못하더군. 다리가 썩었더라고! 어찌나 심하던지. 엄청나게 고통스러웠을 거야. 근데 말이야! 저 녀석 굉장한 싸움꾼이던데. 녀석을 차에 잡아넣느라, 생똥을 쌌다니까. 녀석이 내 머리통을 아주 날려버리는 줄 알았다니까."

나는 조심조심 다가가 아주 살짝 몸을 앞으로 수그렸지만, 찢어질 듯한 으르렁거리는 소리가 세차게 들려온다. 내가 물러서자 서서히 낮아졌다.

"저 녀석은 진정제도 안 듣더구나."

제이크가 말했다.

"조심해. 레이첼. 녀석은 길들지 않았어."

개를 보고 있자니, 털은 탁한 금색과 흰색이 섞여 있었다. 개의 갈색 눈이, 이제껏 본 중에 제일 짙은 갈색 눈이 나와 마주쳤다.

"괜찮아요."

난 제이크에게 그리고 그 개에게 동시에 말했다.

"나도 길들지 않았어요."

국어 시간, 나는 은색 끈의 검정색 발목 캔버스화를 신고 통로 쪽에 발을 내밀고 앉는다. 폰다 워싱턴이 내 발을 넘어 지나치며 "그 우스꽝스런 신발 좀 치우지 그래?"라고 말한다.

우스꽝스런 신발이라? 그래. 단지 그 신발이 유행하는 스니커즈가 아니라는 이유만으로 말이지.

나는 유행을 좇지 않는다. 말뿐만이 아니라 사실이다. 한동안 셔츠 두 개를 같이, 빨강에는 검정, 파랑에는 노랑, 특정한 색에는 특정한 색만을 겹쳐 입는 게 유행이었는데, 누가 이딴 걸 모두 알아내지? 누가 결정해? 요새는 선글라스, 머리핀, 팔찌, 아이들이 걸치는 건 죄다 거북이 등딱지로 만들어진 거다. 그래도 애들 중 반은 거북이가 뭔지도 모를 거다.

크루첼 선생님이 숙제를 돌려준다. '개의 일생'은 94점이다. 선생님의 특이한 글씨체로 '나 좀 보자.'고 쓰인 메모지가 붙어 있다.

수업이 끝난 후 선생님은 "여기 있어."라며 내게 뭔가를 건넨다. 이게 뭐지? 참가 신청서?

"살펴 봐."

고교 백일장, 삼천 자 제한, 일등상은…….

"수잔 자딘."

선생님이 말한다.

"개인 권력, 읽어 봤니?"

바로 이 점 때문에 난 선생님이 좋다. 선생님은 학생들도 생각
할 수 있는 뇌를 가지고 있다는 점을 확실히 인지하고 있으며, 또
학생들도 재미삼아 성인 소설을 읽을 수도 있다고 생각한다.

"들어보긴 했어요."

실제로 들었는지 확실하진 않지만.

"훌륭하겠죠."

"아, 자딘은 대단한 작가야. 자딘이 백일장 심사만 보는 게 아
니고 수상자는 작가와 개인 수업 고급반을 주립……. 난 네가 꼭
참가하는 게 좋을 것 같아. 레이첼. 그걸로."

선생님은 내 폴더에서 삐죽이 삐져나온 '개의 일생'을 가리킨
다.

"물론 분량도 조금 더 많아야 될 것 같고 손도 좀 봐야겠지만,
아주 유력한 작품인 것 같아."

내가 이주일 간의 고급 집중반이라고 쓰인 신청서를 다시 들여

다보자, "생각해 봐."라고 선생님이 말하는데 종이 울린다. 생물 II에 늦었다. 푸헐.

"어떻게 할지 선생님에게 말해주렴."

하굣길에 도서실에 들러 《개인 권력》을 찾는데 "대출 중입니다." 라고 책상 뒤의 남학생이 말한다. 남학생의 머리카락은 단정하고, 윤기 나는 짙은 갈색이다. 귀에 아주 작은 귀고리를 했고 이름표에는 주안이라고 쓰여 있다.

"대기자 명단에 올려놓을까……수잔 자딘을 좋아해요?"

"그럼, 네, 아니, 그래요, 네, 좋아해요."

갑자기 난 시선처리가 안 된다. 주안이 싱긋 미소를 머금고 있기에, 돌아서서 가려는데, 그의 목소리가 뒤에서 들린다.

"카드 주세요."

그래도 나는 말도 못 하고 멀거니 저능아처럼 그냥 서 있자, "대출 카드."라고 친절하게 알려준다.

말할 것도 없이 카드가 안 보인다. 내가 가방에서 카드를 찾아내려면 우주적 시간이 필요할 것 같다. 가방 안은 뒤죽박죽이다. 공책과 CD들, 예전 역사 과제물, 난소 제거와 거세에 관한 보호소 전단 한 뭉치, 진즉에 버렸어야 할 짓뭉개진 초콜릿 바 등이 내 가방을 점령하고 있다. 드디어 카드를 찾아냈을 땐 내 얼굴도 아니나 다를까 새빨갛게 달아오른다. 난 이게 싫다. 세상에 대고

광고하는 것처럼. '여러분, 주목! 나 챙피해요!'

이게 뭐니?

"책이 들어오면 전화 드릴게요. 잘 가요."

주안은 여전히 빛나는 미소를 머금고 말한다.

밖의 공기는 축축하고 쌀쌀한 게 마음 가라앉히기에 딱 좋다. 쓸데없이 음담패설을 주고받거나 시시덕거리는 게 아니라 저런 남자애와 지적인 이야기를, 소위 말하는, 담소를 나눈다면 근사할 거다. 그런데 우리 학교에서 거의 그런 애를 만난 적도 없지만, 어쩌다 인텔리 '인' 자라도 솔솔 풍기면 왜 나는 꿀 먹은 벙어리가 되는 건지? 우리 학교 남자애들은 대부분 스포츠광이거나 변태거나, 내 생각이 어떻다고 말하면 달나라에서 뚝 떨어진 아이 보듯 빤히 쳐다보는, 생각 없는 애들뿐이라서, 좀처럼 연습할 기회도 없고, 있다 해도 그 기회는 절대적으로 부족하다. 그래서 그런지 난 근사한 애를 만나면 찌질이가 된다. 심지어 엄마까지 내가 왜 이성 친구를 사귀지 않는지 궁금해 한다.

집에 도착해 보니 엄마가 와 있다. 길가에 엄마의 하늘색 밴이 있고, 엄마 회사 서류들이 식탁 위에 한 무더기 쌓여 있다. 엄마는 크리에이티브 아트센터(CAC)에서 일하는데, 예술가들이 정부 보조금을 받도록 돕는 일을 한다. 두어 번 엄마의 직장에 따라갔는데 사람들이 "아, 딸이에요? 글을 잘 쓴다는? 오, 두 사람은 공통점이 많군요!"라고 말했다. 무슨 공통점? 우리 둘 다 같은 유전자 풀에서 나왔다는 것? 사람들은 엄마가 앙바틈한 수제 장신구를 하고 사무실에서 큰 소리로 "빌어먹을."이라고 욕한다고 '자유분방한 정신'의 소유자인 줄 착각한다. 내 생각에도 엄마가 그리 나쁜 사람은 아니지만, 그래도 엄마는 나를 돌아버리게 하는 구석이 있다. 어떤 식이냐면, "잘 지내? 확실하지? 내가 뭘 도와줄까?"와 같은 소리를 백만 번쯤 해댄다. 게다가 엄마는 늘 안절부절못하고 주먹을 꽉 쥔 채, 이런 저런 일로 사과를 한다.

엄마는 왜 모든 것이 엄마의 탓이라고 여길까?

지금도 나는 엄마가 통화하는 소리를 듣는다.

"……어젯밤 늦어서, 너무 미안해요. 전화를 했어야 했는데. 하지만 오늘 잠깐 들리는 건 확실한데, 그걸 가져가도 될까요? 아, 잘 됐네요. 덕분에 한시름 놓겠네요……."

나는 신청서와, '개의 일생'을 꺼내 놓는다. 좀 더 글을 써야지. 그렇다면 보호소에 관해서 써야 될까? 내일은 12시부터 문 닫을 때까지 보호소에 죽치고 있어야지……. 콜리 잡종은 잘 지내나? 그런 길들지 않는 개는 항상 갖고 싶었던 개다. '꼭 독 오른 계집애 같애.'라는 말이 생각나 슬며시 웃는데, "요렇게 기분 좋은 사람이 누굴까?" 하고 엄마가 묻는다. 엄마는 마치 내가 들개인 양……. 조금만 더 다가오면 확 물을 태세인 들개 같은가 보다.

엄마는 특유의 불안한 웃음을 지으며 조심스럽게 말한다.

"학교에서 좋은 일이 있었나 보구나."

"학교에서? 말도 안 돼."

엄마는 뭔가 할 말이 있는 것 같은데, 엉뚱한 말만 잔뜩 늘어놓다가 입을 다문다. 엄마의 한숨소리가 들린다.

"감링에서 저녁 주문하려는데, 어떻게 생각해?"

"음식처럼 생각해."

신청서를 손에 들고서, 엄마에게 보여줄까 했지만 보여주지 않는다. 수잔 자딘은 어떤 사람일까 궁금하다. 《개인 권력》. 글쓰기는 일종의 개인 권력인가?

"어머, 레이첼!"

머릿속에서 상상 속의 수잔 자딘이 말한다. 어딘가 크루첼 선생님을 닮았는데, 다만 좀 더 세련되고 좀 더 옷을 차려입은 모습이다.

"굉장한 통찰력이야. 네 글도 역시 통찰력이 돋보이는군. 네 글을 읽는 순간 최고라는 걸 알았어."

"저, 감사합니다. 전 아주 어릴 때부터 글을 썼어요. 그리고……."

"……[1]캐슈 치킨?"

엄마가 큰 소리로, 귀청 떨어지게 외친다.

"레이첼, 캐슈 치킨, 아님 뭐?"

"나한테 소리 지르지 마! 치킨이면 뭐든 좋아, 상관없어."

엄마는 주문을 마치고 다시 한숨을 쉰다.

"왜 벌써 저녁을 먹으려고?"

나는 신청서를 공책에 다시 꽂으며 묻는다.

"겨우 다섯 시 반인데, 우리 2)미싱링크는 어떡하고?"

"뭐?"

"브랫! 아빠가 기억나긴 해? 아니 이제 브랫은 집하고 담을 쌓았나봐."

"아, 레이첼."

엄마 목소리는 날카로우면서도, 물속에 잠긴 듯이 떨린다.

"너는 늘상 말을 왜 그렇게 하니?"

"어떻게 하는데? 브랫이 집에 안 오는 게 내 잘못은 아니잖아."

"누구의 잘못도 아니야. 직업이 그러니 어쩔 수 없지. 사업상 아빠는 있어야 할 곳에 가 있는 것뿐이야."

전에도 백만 번 들었지만, 난 믿지 않는다. 아빠는 뇌 담당 외

....

1) 캐슈너트를 넣어 양념한 닭고기 요리

2) missing link 잃어버린 고리라는 뜻으로 진화의 역사상 유인원과 인간의 중간 단계로 여겨지는 찾지 못한 원시동물을 지칭. 여기서는 아빠를 비하해서 쓴 말

과의나 소방수나 뭐 그런 게 아니고, 가상공간에서 컴퓨터로 일하는 사람이다. 회사에서 준 컴퓨터로 책상에 앉아 집에서 일할 수도 있고, 휴대용 컴퓨터를 사용하여 일할 수도 있다…….

아빠는 여기 있느니 차라리 거기 있는 게 더 맘 편한 거다. 난 이번만은 엄마가 그 사실을 인정하길 바랐는데……. 여하튼 나는 "브랫이 어디 있든 상관 안 해."라고 말하고 가방과 공책을 움켜쥐고 엄마를 지나쳐 복도 끝 내 방으로 향한다.

2장

나 건드리지 마

네가 가지지 못하면 내가 가지는 거야. 먹이는 언제나 모자라니까.

그러니 아주 작은 것일지라도 으르렁거리고 물어뜯어야 한다.

나보다 작은 동물, 고양이나 쥐 할 것 없이

심지어 나 같은 것들까지도 인정사정 볼 것 없다.

"그 콜리 어때요?"

멜리사는 찌그러진 철제 서랍이 달린 구닥다리 학교 선생님용 책상에 앉아 있다. 책상 위에는 기금마련 안내장과 학대행위 조사양식, 먹이주문서, '이런 종류는 사지 마세요!!!'라는 태그가 붙은 끊어진 개줄 등의 잡동사니가 쌓여 있다. 서류더미 한가운데에 있는 최신형 컴퓨터는, 그곳에서는 유일하게 신상품인데, 어떤 판매업자가 기부한 물품이다. 멜리사는 '펜'을 찾아 뒤죽박죽 쌓인 더미를 [3]시바 신처럼 사납게 들쑤시며 중얼거린다.

"이놈의 펜이 어디 있는 거야?" 그러고는 "어떤 콜리?"라고 되

....

3) 브라마(Brahma), 비슈누(Vishnu)와 함께 힌두교 3대 신을 이루고 있는 파괴와 창조의 신

물으며 멜리사 특유의 눈길로 나를 빤히 쳐다보는데, 커다랗게 치켜 뜬 푸른 눈이 나. 바.쁘.거.든. 용.건.이. 뭐.야?라고 묻는 듯하다.

멜리사는 금발머리를 깡총하게 쳐올리고 젤을 발라 호저의 바늘처럼 머리카락을 세웠다.

"제이크가 데려온 놈 말이야?"

"네, 그르렁이요."

어젯밤 글을 쓰면서 그 개에 붙인 이름인데, 딱 들어맞는 게, 제법 그럴싸하다고 여겨졌다.

"그 야성을 되찾은 놈, 그놈한테 그 이름을 붙였어?"

멜리사가 눈을 굴린다.

"레이첼, 정 들기 전에, 그만둬. 알지? 놈은 평생을 거리에서 지냈어. 그런 놈들이 잡혀 오면, 어떻게 되는지 알잖아."

"알아요. 안다구요."

야생으로 돌아간 개들은 길들지 않으며, 항상 안락사 된다는 걸. 나는 수십 번 봐왔고, 그중 반은 좋아했고, 그 개들이 죽었을 때 가슴이 먹먹해 울었다. 그것이 여기서 벌어지는 일이다. 하지만 이 개는, 아무튼 뭔가 다르다. 그 개의 눈엔 뭔가가 있어서, 난 그 녀석 생각을 멈출 수 없다. 그리고 난 녀석을 위한 계획이, 아니 적어도 계획을 위한 계획이 있다. 그래서 "그냥 그러고 싶어서, 그냥 녀석을 알고 싶어서요."라고 멜리사에게 말한다. "그리고 그게 제 일에 지장을 주지 않도록 할게요. 여전히 맡은 일도 모두 할 거고……."

"난 지금 너랑―펜이 여기 있네!― 말싸움할 시간 없거든."

멜리사는 낚아채듯 펜을 집어 들면서 귀찮다는 듯 말한다.

"가봐, 가. 가서 개하고나 말해."

나는 쓸고 닦고 물 주고 먹이 주고 하는 내내 개 우리의 파란 담요 위에 누워 있는 그르렁을 슬금슬금 훔쳐본다. 그 담요는 구호 차량에서 가져 온 낡고 찢어진 거다. 녀석의 눈은 반쯤 뜬 채로 풀려 있다. 다리는 미생물감염으로 열이 있다고 동물 카드에 쓰여 있다. 카드를 제자리에 놓으려 손을 뻗자 녀석은 찢어질 듯 험악한 소리로 으르렁거린다.

나 건드리지 마.

녀석이 으르렁거린다.

지금 우리에 갇혀 있지만, 언제든 물어뜯을 수 있어.

나는 여느 개들한테 으레 말하듯이 "야, 잘 지내? 오늘 어때?" 하고 녀석에게 말을 붙인다. 그다음엔 "그르렁."이라고 말하는 중간 중간 눈을 맞추며, 과연 녀석이 그게 자기 이름이라는 걸 인식하는지 본다.

"그르렁! 그르렁!"

개 이름은 개의 으르렁 소리와 비슷하면서도, 작게 발음하면 다정하게 흥얼거리는 소리 같다. 어젯밤 앉아서 글을 검토하다가 그 이름과 그 생각이 깜짝 선물처럼 떠올랐다.

'그 개에 대해서 써야겠어.' 라고 생각하다가, '그르렁에 대해서 써야겠어.' 라는 생각이 들었고, 제목을 '개의 일생'에서 개를 화자로 하는 '떠돌이 개'로 제목을 바꾸어야겠다는 생각이 한 번에 들었으니, 일타쌍피다.

일단 감이 잡히자 단어들이 사정없이 막 솟구쳐, 그 속도대로 도저히 손이 따라갈 수 없을 정도였다. 마치 내가 그르렁에 대해, 그러니까 녀석이 어떻게 생각하고, 어떻게 느끼고, 무엇을 두려워하는지를 알 것 같고, 녀석의 실체를 이미 낱낱이 파악한 것 같았다. 마침내 쓰기를 멈췄을 때, 글을 끝낸 게 아니라 시작이었지만, 손은 화끈화끈 욱신거렸고 눈동자는 작은 고무공처럼 뻑뻑했다. 난 기분이 좋았고, 아주……충만한 느낌이었다. 달리 어떻게 설명해야 할지 모르겠다. 진수성찬을 먹은 것처럼, 내가 진수성찬인 것처럼. 아, 둘 다 아니야. 어떤 때는 하고 싶은 말을 제대로 표현할 수 있는 단어들이 쉽게 떠오르는데, 어떤 때는 왜 그런 단어들이 그림자도 보이지 않지?

수잔 자딘에게 물어 봐야겠어.

텅 빈 지하차도, 차는 빨간빛, 하얀빛, 눈을 찌르는 불빛을 번쩍이고 흙탕물을 튀기며 지나간다. 갈색 눈과 발은 흙탕물에 젖고, 긴 털이 헝클어져 있건만 아무도 나를 알아보지 못한다. 그들은 들개라고 말들 하는데, 그게 나를 지칭하는 말인가?

떠돌아 다녔다. 이제껏 달리고 달렸더니 발바닥과 발이 얼얼하다. 단단한 땅, 길게 이어진 돌덩이처럼 딱딱한 땅에 부딪혀 살갗은 갈라지고 발톱은 닳았다. 풀밭에 이르러서야 잡초와 나뭇잎들을 헤치고 킁킁거리며 파헤친다. 종이봉투에서 뭉개진 샌드위치를 찾아내고 누렇게 물든 고기와 빵도 찾아냈지만, 두 입 물자, 그것들은 흔적도 없이 사라진다.

여전히 허기는 사라지지 않는다. 배 속은 텅 빈 우주 공간 같다. 한 번이라도 채워지기는 하는 걸까? 모르겠다.

어디에도 집은 없다. 한 때 내가 있었던 곳, 그곳은 편히 쉴 수 있는 집이었다. 깔개가 가득 들어찬 상자, 축축한 비누냄새가 나고, 그들과 우리, 우리 모두가 있던 곳. 나처럼 작은 개들이 이를 갈고 꾸무럭거리고 꿈지럭거렸지. 큰 개는 작은 개들에게 젖을 주고! 거기는 따뜻하고 안전했어. 좋은 냄새도 났어.

그런데, 사라졌다. 음식도, 포근함도, 좋은 건 모두 사라졌어. 큰 개도, 상자도, 다른 작은 개들도 사라졌다. 나는 추운 한데서 떠돌다가, 발바닥이 쓰려 소리쳐 울었다. 큰 개를 찾아 울었다. 더는 존재하지 않는 것을 찾아다니며 울었다.

잎새들, 축축하고 싸늘한 잎새들이 내 털 위에 떨어졌다. 캄캄한 나무 아래에서 뭔가가 내 등을 물어뜯었다. 아주 세게! 그래서 나도 그만큼 세게 그것을 물었다. 무서워! 내 입에서 케케묵은 썩은 고기맛이 났다. 그리고 그건 가버렸다. 나도 그 자리를 피했고 모두 사라졌다.

그때부터 그냥 밖을 떠돌았다. 차갑고 어두운 곳을 피해, 머물 곳이라고는 없었다. 그래서 나는 떠돌고 또 떠돌 뿐이다. 단단한 돌로 된 땅, 네모난 상자 모양의 건물들, 때론 비어 있기도 하지만 때론 그들로 그득해서, 나는 계속 이동한다. 쉴 곳을 찾아 계속 움직인다. 그러나 머물 곳을 발견할 수가 없다. 결국 혼자다.

오늘 밤은 어디로 가야 할까? 알 수 없다. 지금 이 순간만 알 뿐.

축축한 거리, 벼룩이 귀를 스멀스멀 기어 다녀서 털었다. 잠자리는 아마도 그들이 음식을 던져 넣는 큰 철제 상자 옆이 될 거다. 간혹 그 뒤가 안전하다. 아주 가끔……

상자 안에서는 안전했다. 큰 개가 따뜻하게 품어주어 난 귀를 늘어뜨리고 잤다. 자고 싶을 때 잤다. 지금은 아니다. 이젠 반드시 자야할 때만 자고, 언제나 귀를 바싹 세운다. 들어야 하니까. 나 같은 동물에게 돌, 로프, 차는 위험하다. 그들도.

그들과 같이 사는 나 같은 것들은 줄에 묶여 그들과 같이 산책을 한다. 그들은 음식이 충분해서 그걸 주는데, 어쩌면 그들은 우리가 원하는 것을 모두 다 줄 수 있는지 모르겠다. 하지만 그들은 마음대로 때리고, 다치게 하고, 끌어당기고, 물건을 던진다. 정말 무섭다. 아니, 난 그들이 주는 것을 먹지 않을 거다. 그들은 아주 순식간에, 미처 눈치 챌 겨를도 없이, 다치게 하니까. 난 그들에게 묶이지 않을 거다.

그래서 나는 축축하고 캄캄한 여기 앉아서 지켜본다. 고양이가, 발빠른 작은 고양이가, 땅바닥에 납작 엎드려 지나가고 그 소리를 듣지만 나는 잡지 않는다. 나 같은 어떤 것들은 고양이를 잡기도 한다. 다른 소리, 금속 부딪히는 소리가 크게 들린다. 그들 하나가 철제 상자로 다가와서 먹지 못하는 비닐로 된 하얀 봉지를 던지는데, 안에는 음식이 들어 있다. 그들이 가고 나면 조심조심 살펴보고 먹어야겠다.

난 온몸이 젖은 채 귀를 세우고 때가 되기만을 기다린다. 또 뭐지, 쥐인가? 작은 것이 철제 상자 쪽으로 온다. 나는 으르렁! 쥐를 위협해서 냉큼 쫓아버린다. 나눠먹기란 없어. 네가 가지지 못하면 내가 가지는 거야. 먹이는 언제나 모자라니까. 그러니 아주 작은 것일지라도 으르렁거리고 물어뜯어야 한다. 나보다 작은 동물, 고양이나 쥐 할 것 없이 심지어 나 같은 것들까지도 인정사정 볼 것 없다. 오직 그들만 늘 풍족하다.

3장

길 잃은 어린 양

마지막으로 길 잃은 어린 양들인데, 경계에 서 있는 애들,

　　대답 없는 애들, 부유물처럼 복도를 떠도는 애들이 그들이다.

　　　　그 애들을 보면 나도 모르게 짜증이 치솟는다.

아마도 그 아이들이 너무 소극적이라서 그런가 보다.

싸늘한 봄날 아침, 눈과 비가 반반씩 섞인 봄눈에 발목을 덮은 캔버스화가 젖었다. 엄마 차를 탈 수도 있었지만 타고 싶지 않았다. 마치 내가 걸어가면 큰일이라도 날 것처럼 구는 엄마의 말투가 짜증나서, 싫다고 했다. 머리카락이 꽁꽁 얼어 머리에 착 달라붙고 추워 죽을 것 같다.

지나치게 자립심이 높으면 하늘에 구멍이 나는 게지.

복도에는 형광색 펜으로 '복고 댄스, 놓치지 마세요!!' 라고 쓰인 포스터가 붙어 있고, 아침방송 시간에 어떤 여자애가 나와 "오늘까지 꼭 입장권 구입해 주세요!"라고 떠든다. 복도 건너편에서 첼시아와 코트니는 누가 누구에게 파트너 신청을 할 거라는 둥, 뭘 입을 거라는 둥, 쓸데없는 수다를 떠느라 여념이 없다. 크루첼 선생님이 단호한 태도로 아이들의 주의를 모으고 새로 시작한 단원('셰익스피어의 여인들'이라는 단원인데, 줄리엣은 으웩! 밥맛! 포사, 맥베스 부인은 오 예! 킹왕짱!)에 대해 막 이야기하던 참이었다. 그때 문이 열리며 한 남자애가 들어온다.

키가 크다. 나보다 훨씬 더 컸다. 실밥이 풀린 검은색 긴소매 티셔츠에, 금발의 더벅머리를 한 남자애는 자신이 교실에 있든, 그게 어느 교실이든, 아무 상관이 없다는 듯 떠도는 유령처럼 둥둥 걷는다. 거북이 등딱지처럼 등 쪽에 우툴두툴하게 불거진 가방이 그 남자애보다 더 현실적으로 보인다. 남자애는 선생님에게 뭐라고 중얼거리며 지각 사유서를 건네고는 교실 반대쪽 창가 자리로 어슬렁거리며 간다. 남자애는 주차장을 물끄러미 바라본다.

또 한 명의 길 잃은 어린 양이군!

'길 잃은 어린 양'은 내가 만들어낸 이름으로, 하나의 카테고리에 해당한다. 우리는 원하든 원치 않든 모두 이 범주에 속한다. 그래서 내 나름대로 아이들을 분류해 두었다. 첼시아, 코트니와 폰다 워싱턴 같은 연예인 빠순이는 시트콤에 나오는 여자애들 같다. 완벽한 외모, 머리모양과 의상을 태깔 나게 갖추고 이번 주는 어떤 남자애를 홀라당 발라당 벗겨먹을까 하는 고민거리까지 어쩜 그렇게 완벽하게 똑같은지……. 그 남자 친구들도 완전 준연예인이다. 단지 농구팀 주장을 할까, 축구팀 주장을 할까, 아니면 두 개 다 할까 같은 고민이 더 얹어 있을 뿐이다.

그다음에 범생이 애들, [4]멘사 출신들이 있다. 그 애들은 모든 경쟁에서 일등을 차지하고 수석 졸업생이 되어 하버드에 진학하고 싶어 한다. 과히 신경 쓰이는 애들은 아니지만, 나름 연예인 빠순이들만큼 배타적이면서 훨씬 더 경쟁적이다. 그렇긴 해도 최소한 그 애들은 내게 시험 답안을 물어보지는 않는다.

제일 수가 많은 범주는 와글와글 떠드는 보통 떨거지 애들이다. 영화를 찍을 때 식당이나 파티 같은 군중 장면에 나오는 엑스트라들은, 실제 대사가 없고 그 대신 사람들이 내는 소리를 내야 하니까, 중얼거리는 소리로 '와글와글' 말하라고 지시 받는다는 걸 책에서 읽은 적이 있어서 그렇게 부른다. 복도에서 주로 듣는 소리다. 와글와글! 별 특징 없는 생김새도, 옷차림도, 생각도 모두 고만고만하다. 이 애들은 개떼처럼 모여 있을 때만 위험하다.

걔네들 다음으로, 점심시간이면 미술실에서 죽치는 예술가연하는 애들과 컴퓨터실에서 인터넷으로 지상 천국을 건설한 인터넷 운영자들이 있다. 그다음엔 어린 알코올 중독자와 약에 찌든 찌질이들인데, 난 걔들을 '코드 블루스' 라고 부른다.

··········

4) 라틴어로 '둥근 탁자' 라는 뜻을 가진 멘사(MENSA)는 IQ 테스트에서 전 인류 대비 상위 2% 안의 지능지수(IQ 148 이상)를 가진 사람들의 모임을 말한다. 이른바 '천재들의 집단'이다.

마지막으로 길 잃은 어린 양들인데, 경계에 서 있는 애들, 대답 없는 애들, 부유물처럼 복도를 떠도는 애들이 그들이다. 그 애들을 보면 나도 모르게 짜증이 치솟는다. 아마도 그 아이들이 너무 소극적이라서 그런가 보다.

그러니까, 때로는 당당하게 행동해 보라고! 응? 반격도 좀 해 봐. 입장을 분명히 하고 자기 생각도 말해 봐.

이런 이유로 나는 새로 온 이 어린 양을 무시할 작정인데, 정작 그 애는 창가 자리에 앉아 세상과 학급과 선생님—내가 쓰고 있는 글에 대해 이야기를 나누고 싶은 우리 선생님—까지 모두 무시한다.

수업이 끝나고 선생님 책상으로 가는데, 어떻게 된 게 나보다 먼저 그 애가 선생님 앞에 가더니 가방에서 구깃구깃 볼품없이 구겨진 공책들을 꺼내 뒤적인다. 생물II 시간에 또 늦게 생겼는데, 선생님이 "좀 보자, 그리핀."이라고 했다. 나는 내 앞에 끼어든 미스터 어린 양을 험상궂게 째려보고 그냥 간다.

다음 날은 기분이 한층 더 우울했다.

일찌감치 사물함에서부터 서둘러서 수업시작 전에 선생님한테 작문을 내미는데, 선생님이 "그리핀과 교정보는 짝이 되면 어때?"라고 물었다. 교정 파트너를 말하는 거다. 코트니, 첼시아, 존이 3인조가 되었기에 나만 짝 없이 달랑 남겨졌지만 새삼 놀랄 일도 아니고, 신경 쓸 일도 아니었던 것이 선생님이 직접 내 글을 봐 주셨으니까. 근데 "그리핀은 글을 잘 쓴단다. 단연 최고봉이지. 그리고 하루 빨리 우리 반에 적응할 필요는 있거든. 괜찮지, 레이첼?" 하고 선생님이 채근한다.

네, 그러죠.

사실, 난 선생님에게 아무 말도 하지 않았다. 가벼운 어깨 짓 외에 아무런 의사표현도 하지 않았다. 선생님이 다시 묻는다.

"백일장에 대해 생각 좀 해 봤니?"

그제야 가지고 있던 작문을 선생님에게 보여준다. 초고인데도, "와, 굉장하구나." 선생님은 희귀한 보물인 양 내 글을 보고 환하게 웃으며 감탄한다.

이건 선생님의 진심이다. 난 선생님이 진심으로 탄복한 걸 안다. 셰익스피어 작품이든, 내 거든 또는 다른 누구의 작품이든 훌륭한 글을 보면 행복해진다고 선생님이 입버릇처럼 말했으니까. 그게 처음부터 선생님이 된 이유라고 한다. 그런데 선생님은 왜 작가가 되지 않았을까?

길 잃은 어린 양 그리핀이 사실 그리 껄끄러울 것은 없다. 나중에 글을 교정할 시간이 되자, 나는 창문 쪽으로 반쯤 몸을 틀고 앉아 있는 그리핀에게 다가간다.

"있잖아."

나는 그리핀의 구질구질한 두 쪽 반짜리 작문지에 손을 뻗으며 말한다.

"이렇게 하는 거야. 난 네 글을 읽고, 넌 내 글을 읽고. 서로 비평을 해주는 거야. 알았지?"

눈을 반쯤 감은 채 그리핀은 '떠돌이 개'를 받는다. 개인적인 수필을 쓰기로 한 것이지만, 다른 걸 쓸 시간도 없었고. 어쨌든 이 글은 아주 개인적인 게 돼 버렸다.

발을 꼬고 앉아 보라색 사인펜을 손에 들고, 그리핀의 글을 읽기 시작하면서 고치고, 제안할 준비를 하느라 글을 훑는다. 하지만 2분쯤 뒤에 "이 글에는 내가 교정볼 게 하나도 없네." 그리핀에게 아무 표시도 하지 않은 작문지를 보여주며 말한다. 작문지에 코를 빠뜨린 그리핀에게 고개를 들게 하려고 이 말을 두 번이나 해야 했다.

"아무것도 없잖아."

그리핀은 대답도 하지 않고 어정쩡한 표정으로 우두커니 바라보기만 할 뿐이다.

"선생님이 너 정말로 잘 쓴다고 하던데."

난 작문지를 도로 건네주며 말한다.

"하지만 이건 '나로서는 개인적인 의견이 없어.' 라는 거잖아. 뭐가 그리 시시껄렁해? 읽고 검토할 거리가 있는 것을 줘. 응?"

그리핀은 여전히 대답 없이, 그냥 다시 '떠돌이 개'를 읽으며 뭔가 쓱쓱 휘갈긴다. 그러더니 종이 울리자, 내게 원고지를 건네주고 한 마디 말도 없이 가버린다. 나는 점심시간까지 작문을 잊고 있다가 눈비가 멈춰서 계단으로 가는데, 해와 길게 무리지은 구름들과 주차장의 나무들이 잿빛 수채물감을 풀어놓은 흐린 하늘에 목탄으로 그린 것처럼 거칠게 보인다. 오렌지 머핀과 카푸치노—난 아무래도 카푸치노에 중독됐나 봐—를 먹은 후, 비로소 '떠돌이 개'를 꺼내 들고, 그리핀이 뭐라 썼든 지워버리려고 했다. 그런데 일단 읽어 보니 지저분한 필기체로 '더 상세한 묘사가 필요해.' 가장자리에는 '어떤 종의 개야? 끝에는 어떻게 끝나?'라는 메모가 눈길을 잡아끈다.

그때 누군가 "어이!" 하고 부른다. 그리핀이다. 햇빛 때문에 실눈을 뜨고 보니 검은 윤곽만, 생김새는 보이지 않고 실루엣만 보이는 길 잃은 어린 양 그리핀이 내 옆에 서서 말한다.

"이거 읽어 봐."

그리핀이 나에게 방금 프린트한 듯 보이는 원고를 건네고, 교도소로 돌아가는 죄수처럼 발을 질질 끌며 계단을 올라 건물 안으로 들어간다.

나는 그날 밤 늦게까지 그리핀의 작문을 거들떠보지도 않았다. 저녁 식사 후에도(엄마가 포장 닭고기를 들고 급하게 들어와서 "아, 미안해, 브레트노에서 어찌나 차가 막히던지, 전자레인지에 이걸 넣기만 하면 돼." 근데 브랫은 TV를 뚫어져라 보고 있다), 숙제를 끝낸 뒤에도(생물Ⅱ의 진화론 숙제, 심리학의 세 쪽짜리 인쇄물, 별 시답지 않은 것들, 그리고 역사 예비 시험, 역사책을 암기했던가? 아니, 못 했다), 잠이 쏟아져서 이를 닦은 후에도…….

까짓 거 글 같지도 않는 것 몇 쪽 읽는데 얼마나 걸리겠어?

그래서 나는 가방에 쑤셔 넣었던 작문을 꺼내 주름을 펴고 읽기 시작한다.

……그리고 잠시 후, 나는 어느새 글을 읽고 있다는 사실도 잊고, 글 속의 화자에게 귀를 기울인다. 음울하고 확신에 찬 목소리로, 순수한 우주의 시, 마음속의 [5]블랙홀과 [6]암흑 물질과 [7]웜홀에 대해서 이야기하고 있었다. 마치 의식이 우주라도 되는 양 어떻게 그렇게 표현할 수 있는지?

"모든 두뇌는 하나의 우주."

게다가 문체는 [8]하이쿠처럼 간결하고, 또 아름다웠다. 전광석화와 같은 아름다움이라고 해야 할까? 아니면 두개골의 뽀얀 곡선 같다고 해야 할까? 아니면 아무도 알지 못하는 곳에서 나와 늘 다른 모든 것을 통과하는 미세하고 미세한 중성미자의 개념 같다고나 할까? 이 모든 것이 길 잃은 어린 양 그리핀에게서 나온 거라고? 믿을 수 없어! 크루첼 선생님이 그리핀의 글 솜씨가 대단하다고 한 건 당연했다. 그리핀의 그것은 나만큼이나, 아니 나 이상이었다.

잘난 척하는 소리 같겠지만, 꼭 그런 것도 아니다, 뭔가를 아주 잘 하게 되면 그만큼 하는 게 얼마나 어려운지 그리고 제대로 해내려면 얼마나 많은 노력이 필요한지를 알 수 있기 때문에 다른 사람의 역량을 더 잘 평가하고, 좋은 작품의 가치를 더 확실하게 알아볼 수 있다. 내가 이 글의 가치를 알아보는 것처럼.

그래서 내가 덧붙인 논평은 맞춤법 빼고는 거의 칭찬 일색이다. 그리핀의 맞춤법은 흉악범 수준이라고 할 만하다. 다음 날 나는 교실에서 그리핀에게 다가가 "이봐." 하고 말을 건넨다.

"이거 놀라운걸. 불가사의하기도 하고."

작문지를 내밀며 흔드니 작문지가 마른 잎사귀같이 부스러거린다.

"놀랍도록 불가사의하지."

그리핀이 무덤덤하게 말하며 나를 지나쳐 창밖을 바라본다. 가까이서 보니 경계하는 듯한 회색 눈동자가 빛난다.

··········
5) 엄청나게 높은 밀도에 의하여 생기는 중력장의 구멍
6) 별과는 달리 빛을 방출하지 않아 보이지 않는 물질
7) 우주공간에서 블랙홀과 화이트홀을 연결하는 통로
8) 3구(句) 17음절을 기본으로 하는 일본 고유의 시 형식

"내가 바로 그런 분이거든. 아니, 농담 아니야."

"너 그렇게 글 쓰는 법을 어떻게 배웠니? 어떻게……."

마침 그때 크루첼 선생님이 아이들을 조용히 시키면서 "얘덜아! 얘덜아!" 하고 주의를 모은다. 그래서 나는 그리핀의 작문을 손에 쥔 채 교실을 가로질러 내 자리에 털썩 앉는다.

"얘덜아! 얘덜아! 앉다라."

존 트루먼이 낄낄거리며 첼시아에게 장난치는 소리가 들린다.

"자디에 앉드라고."

내가 자기들을 노려보는 걸 아는데도 첼시아는 다시 "도용히 해."라고 큰 소리로 말하고 킬킬댄다.

얘들은 선생님이 졸로 보이나? 어떻게 저리 안하무인일 수 있지?

선생님은 애들 말을 듣고도 아무런 내색 없이, 내게 작문의 첫 쪽을 읽어라고 한다.

"감정을 조금 싣고 읽어 봐." 하고 다소 사정조로 충고한다. 그 모습이 조금은 피곤해 보인다.

"이건 너희들의 이야기야. 알지?"

그래서 나는 내 글을 소리 내어 읽으며 길들지 않는 아름다운 그르렁을, 마약 소굴의 창고에 숨어 있던, 다치고 반항적인 그르렁을, 도와주려는 사람과도 싸우려는 그르렁을 생각한다. 내가 다 읽고 났을 때 선생님이 "아주 훌륭해!"라고 칭찬해서 기분이 좋았다. 몇 아이는 고개를 끄덕인다. 그때 코트니가 말한다.

"그래서 레이첼, 네가, 그러니까, 개라는 말이야?"

그러자 애들이 와자지껄 웃는다. 모두는 아니다. 선생님도, 그리핀도 웃지 않는다. 그리핀은 자기 차례가 되자 상상할 수 없을 만큼 무미건조하고 나른한 목소리로, 마치 주식 시세표나 전화번호부를 읽듯 읽는다. 난 그런 식으로 글을 망친 그리핀을 때려주고 싶었다.

그리핀은 다 읽고 나서 자리에 쿵 주저앉는다.

"그건 또 무슨 뜻이야?"

존 트루먼은 새로 산 셔츠가 잘 맞지 않아 불만이 그득한 아이의 어조로 묻는다.

"처음 읽은 애는 개, 그다음엔 외계인인지 뭔지…… 난 우리 자신에 대해서 쓰기로 한 걸로 아는데……."

"그러면 너는 아무것도 안 쓴 원고를 제출해야지."

나는 그르렁이 찢어지는 소리로 으르렁거리듯이 말한다. 내 뒤에서 누가 킥킥거리며 웃음을 집어삼키는 소리를 냈지만 난 농담이 아니다. 난 애들의 우스갯소리에 화가 치밀어 오른다. 마치 미친 개처럼.

"넌 뭐가 뭔지 모르잖아."

난 목소리를 한층 높인다.

"너 같은 애는 그 글을 쓰레기 취급할 권리가 없어. 왜냐면 넌 뇌가 비……."

"그만해, 레이첼."

선생님이 소리친다. 선생님 얼굴은 차분하지만 목소리는 단호하다.

"우리는 여기서 작품을 비평하는 거야, 인물 비평이 아니라. 존, 수업 끝나고 나한테 와."

"저요? 레이첼이……."

"수업 끝나고 오라니까."

이제 선생님이 굳은 얼굴로 존이 꼬리를 내릴 때까지 노려본다. 선생님이 시선을 돌리자 존이 나를 툭 쳤지만 상관없다.

꺼져! 존 트루먼! 연예인 빠돌인 주제에. 백만 년을 살아도 넌 그리핀같이 못 써.

점심시간, 다시 비가 오고 안개가 자욱하다. 그래서 미디어센터에서 글을 쓰려고 개인 열람실로 파고든다. 하지만 아직도 화가 풀리지 않아서 멍하니 조잡한 낙서를 끼적이는데, 뒤에서 "이봐." 하는 소리가 들린다. 돌아보니, 그리핀이다.

"식당에서 우리의 연예인 존 트루먼하고 한판 벌이는 줄 알았는데……. 먹을래?" 하면서 감자 칩 봉지를 내민다. 갑자기 배가 고파져서, 우리는 함께 앉아 과자를 먹는다. 미디어센터에서는 음식을 먹으면 안 되는 줄 알지만, 아무도 신경 쓰지 않기에 우리 둘은 봉지를 다 비운다. 그리고 말없이 비 내리는 걸 우두커니 쳐다본다. 그때 그리핀은 마치 혼잣말처럼 말한다.

"이 학교는, 내게 마지막이 될 거야. 버게스를 나올 때 생각으로는······."

"버게스를 다녔어? 와, 영재 학교잖아. 거기는······."

"영재는 무슨······. 왕꿈틀이 좀 먹을래?"

창문에 비가 강물처럼 줄줄 흘러내린다.

"다 엉터리야. 학교에서는 스스로 생각하라고 하지. 말만 그럴 뿐이야. 그게, 다 뻥이야."

"여기는 크루첼 선생님만 괜찮고 나머지는 거의 다 후졌어."

내가 말한다.

"맞아. 버게스에서도 그래. 나팔 건도 그렇고······. 트럼펫 말이야."

그리핀의 손가락이 연주하는 것처럼 허공에서 꼼지락거린다.

"음악 선생님이 나보고 행진 악대에 들어오래. 하지만 난 멍청해 보이는 단복 입고 축구장을 싸돌아다니는 좀비는 되고 싶지 않다고 했어······. 이젠 다시는 연주를 못 하겠지?"

"그럼, 뭐 할 건데?"

"아무것도 안 해."

그리핀이 대답하며 웃긴 하는데, 기분 좋은 웃음은 아니다.

"그냥 잡혀 있는 신세지, 뭐."

접착제를 씹는 것처럼 왕꿈틀이가 이에 들러붙고 너무 달다. 난 버게스에 전학가는 꿈을 꾸면서, 그게 감옥에서 탈옥하는 길이라고 여겼는데…….

"개 이야기는 정말 근사해."

그리핀이 말한다.

"그 개를 너네 집에서 키우니? 네 개야?"

그르렁은 우리에 있다. 지난밤에 그르렁을 집에 데려오는 꿈을 꾸었다. 한낱 개꿈이었지만!

그렇겠지? 아니 정말로 데려올 수 있을까? 내가 녀석과 얼굴 익히는 시간을 충분히 갖는다면, 나와 친하게 된다면, 나를 믿게 돼서…… 하지만 내가 녀석을 집에 데려오면, 아마 엄마 머리가 개구리 배처럼 펑! 터져버리거나, 어떻게 될 거야. 그렇다면 녀석을 뒤뜰에 두면 어떨까? 녀석이 나를 신뢰하기만 하면, 두려움만 가시게 한다면…….

그리핀이 고개를 돌린 채 여전히 나를 쳐다보고 있기에 "아니." 젤리 반을 이에 붙인 채로 대답한다. 그리핀에게 그르렁에 대해서 이야기해 줘야 할까?

"그게, 그렇기도 하고, 아니기도 해."

종이 울려서 나는 공책을 집어 들고, 그리핀은 "나중에 보자." 며 인사하고 간다. 문을 지나서 이동하고 있는 와글와글 애들에 섞이면서 그리핀이 복도를 따라가다 사라진다.

차에 있는 그들 가운데 하나가 나를 보고 있다.

차는 무섭다. 너무 크고, 냄새도 좋지 않다. 너무 빨리 달리고, 치고 서도 아무렇지 않게 내뺀다. 물려고 해도 이빨도 들어가지 않는다.

차는 자꾸, 자꾸 내게 다가오고 나는 달린다. 발톱과 발바닥으로 단단한 땅과 잡초를 차며 달린다. 얼음처럼 보이지만, 결코 녹지 않고, 밟을 때마다 발이 베이고 찢어지는 반짝거리는 유리 조각들 위를 미친 듯이 내딛는다. 차가 사라질 때까지.

그런 다음에 헐떡이며 골목에 멈춰 선다. 갈비뼈를 들썩이며 더운 숨을 헐떡거린다. 물을 마시고 싶다.

목이 너무 타서 코를 킁킁거리며 물을 찾아 나선다. 갈증은 배고픔보다 더 끔찍하니까. 한번은 못 견디게 목이 말라서 녹색 물을 마신 적이 있다. 밝은 녹색 물을 맛있게 두 번 핥았을 뿐인데, 발톱으로 위를 후벼

파는 것처럼 배가 아팠다. 너무 아파서 두 눈이 감길 지경이었다. 이제는 조금 더 조심한다. 입도 바작바작 마르고 혀도 말라붙는다. 마침내 철제 상자 옆에서 갈색의 물웅덩이를 찾아내서, 그 물을 몽땅 핥아 마시고…… 그러다 철제 상자 뒤를 보니, 아, 닭고기가 통째로 있다! 정말 좋다. 누가 뺏기 전에 허겁지겁 입속으로 넣는다. 먹다 보니 고기를 싼 종이까지 씹고 있다.

배고픔은 도망쳐 나와야 할 곳이지만, 너무 커다란 곳이라 결코 빠져나갈 수 없다. 배고픔보다 더 큰 단 한 가지는 두려움이다. 두려움은 이 세상에서 가장 크고, 끝이 없는 밤처럼 깜깜하고 머릿속처럼 어둡다. 그 어둠은 어디든 있다. 그들, 차, 녹색 물, 무엇이든 말이다. 두려움에서 벗어나려면 달리는 것뿐이다.

등에 작은 벼룩이 기어 다녀 박박 긁으면서도, 한편으로는 음식이 더 없는지 코를 킁킁댄다. 없다. 그만 가려는데, 음식점에서 그들이 나오더니 "야, 이놈의 개새끼!" 하고 소리를 고래고래 지른다. 하지만 나를 잡기에는 한참 먼 거리여서, 발로 쓰윽 허공을 한 번 그은 뒤, 그냥 빠르게 걸어간다. 배도 그득하고 등에 비추는 햇볕도 따뜻해 떠돌이 개로서는 그리 나쁘지 않은 날이다.

4장
선별의 문제

수백만 년 뒤이겠지만, 내가 엄마만큼 나이를 먹었을 때
내 모습이 어떨까 궁금하다. 내 머리도 반백이 될까?
나도 이마에 엄마처럼 주름이 생길까?
엄마랑 똑같이 사소한 일에 좌절하며 늘 찌푸린 얼굴로 살까?
어른이 되면, 지나 온 세월이 그대로 얼굴에 다 나타난다고 하던데,
엄마도 살아오면서 슬픈 일이 그렇게 많았던 걸까?
슬픈 일이 많아서 저렇게 슬퍼 보이는 걸까?
엄마가 쳐다보자, 나는 눈길을 돌린다.

토요일 아침, 7시밖에 안 됐는데도, 눈이 번쩍 떠진다. 오늘은 서둘러 보호소에 가야겠다. 커피를 몹시 마시고 싶지만, 커피 분쇄기 소리가 너무 시끄러워 인스턴트커피로 대신한다.

부엌 전등은 연한 노란 빛깔인데, 조용하다.

보통 아침때는 거의 전쟁터다. 나와 엄마가 화장실을 두고 다투느라 그렇다. 엄마가 화장하는 시간은 거짓말 보태고, 우주적인 시간만큼이나 길다. 그러나 지금은 고요하고 평화롭다.

바깥 날씨가 흐리다. 하늘에는 비늘구름이라 부르는 수많은 자디잔 구름이 쫙 깔려 있다. 창문 옆의 온도계는 약 9℃를 가리키고 있다. 자전거 타기에는 날씨가 쌀쌀하다.

내년엔 바로 운전면허를 따야지. 차도 사고, 핸드폰도 사고…….

초콜릿 바는 나중에 먹을 거고, 지금은 잼 바른 빵을 먹으면서 뒤뜰을 쳐다본다. 인동덩굴나무는 거무스름하게 변해 있고 잎사귀는 겨울바람에 시들었다. 새 모이통 세 개도 다시 채워 넣어야겠다. 엄마는 씨를 살 때 커다란 삼십 파운드짜리 봉지로 사는데도, 날이 추워지면 새들이 금세 다 비워 버린다.

엄마가 계단을 내려오는 소리가 들린다. 엄마는 벌써 옷을 차려입었는데, 흐르는 듯 매끈한 스커트와 털이 보풀보풀한 스웨터를 입어, 꼭 파스텔 곰인형이 엄마를 뒤에서 습격하여 안은 것처럼 보인다. 엄마는 귀고리를 달다가 나를 쳐다보곤 멈춘다.

"어머, 잘 잤니? 일찍 일어났네."

"보호소 가는 날이에요."라고 말하며 나는 먹던 토스트를 마저 입 안 가득 털어 넣는다. 엄마는 홍차 주전자를 채우고―엄마는 나 같은 커피 광이 아니다―오렌지를 얇게 저민다. 향이 부엌 가득 퍼지자 문득 엄마가 나에게 오렌지, 사과 같은 과일을 파란색 어린이 접시에 작은 과일 꽃같이 깎아 주던 일이 생각난다. 그 접시가 어디 있는지 궁금하다. 곁눈질로 엄마를 유심히 본다. 엄마가 나를 보지 않는 틈을 타서 생전 처음 보는 사람인 양 엄마를 관찰한다. 얼굴에는 피곤한 주름이 보이고, 흰머리도 나기 시작했다. 난 엄마가 염색을 하지 않아서 좋다. 엄마의 희끗희끗한 머리는 윤이 나는 은백색인데, 햇빛이 비추는 창문 위의 서리 같기도 하고, 엄마가 좋아하는 저 촌스러운 샹들리에 귀고리보다도 훨씬 더 멋진 장식 같아 보인다.

수백만 년 뒤이겠지만, 내가 엄마만큼 나이를 먹었을 때 내 모습이 어떨까 궁금하다. 내 머리도 반백이 될까? 나도 이마에 엄마처럼 주름이 생길까? 엄마랑 똑같이 사소한 일에 좌절하며 늘 찌푸린 얼굴로 살까? 어른이 되면, 지나 온 세월이 그대로 얼굴에 다 나타난다고 하던데, 엄마도 살아오면서 슬픈 일이 그렇게 많았던 걸까? 슬픈 일이 많아서 저렇게 슬퍼 보이는 걸까?

엄마가 쳐다보자, 나는 눈길을 돌린다.

"데려다 줄까?"

엄마가 컵에 손을 뻗으며 묻는다. 엄마의 눈동자 색깔처럼 창백한 푸른색의 도자기 컵이다.

"조금 있다 나갈 건데."

"자전거 타고 갈게."

"좋아."

엄마가 한숨짓는다. 물이 막 끓는다.

"오늘 하루도 잘 보내." 하는 엄마의 인사에 "엄마도."라고 대답했는데, 이게 엄마를 흠칫 놀라게 한 것 같다. 엄마가 웃는데, 내 눈에 낯선, 환한 웃음이다.

"고마워. 애써 볼게."

엄마가 대답한다.

차고에서 자전거를 끌고 나올 때, 아빠의 새 장난감 특대형 타이어를 낀 요란한 금속제의 초록색 지프를 요령껏 피해 나와야 했다. 무식하게 큼지막한 화물 트럭을 보통 차크기로 줄여 놓은 듯한 지프다. 거기다 가격은 또 얼마나 어마어마한지. 엄마 아빠가 차 때문에 싸우는 소리를 들었다.

엄마가 걱정스럽게, "정말 그렇게 많은 돈을 차 한 대에 써도 된다고 봐요?" 하고 물었다. 근데 아빠는 "여보, 난 평생을 뼈 빠지게 일만 한다구. 나도 내 인생에서 나 자신만을 위한 보상이 있어야 하지 않겠어?"라고 대답했다. 아빠는 자신이 하는 말은 뭐든지 옳다고 하고, 만약 동의하지 않는 사람이 있으면, 그 사람이 어리석거나, 제정신이 아니거나, 불합리한 사람이라고 치부한다. 엄마는 아빠의 그런 점이 못마땅해서, 자신이 제대로 잣대를 갖춘 사람이라는 걸 입증하려 애쓰지만, 난 아니다. 아빠가 무슨 말을 해도 동의하지 않거니와 또한 아빠가 뭘 생각하든, 내 관심 밖이다.

자전거를 타고 도로로 들어서는데 어깨에서 가방이 덜컹거린다. 가방 안에는 그르렁에게 줄 간식거리 와가롱이 있다. 동물들은 먹을 것을 좋아한다. 그러니 내가 그 녀석에게 계속 먹이를 주고 말을 붙인다면, 매번 조금씩 더 가까워지면……. 어떤 반응이 있겠지? 아무튼, 그렇지? 있어야 하고말고.

보호소에는 개, 고양이, 세제 냄새가 난다. 이따금씩 개 짖는 소리와 아기 고양이가 내는 작은 야옹 소리뿐, 조용하다. 일전에 새끼고양이들이 들어왔다. 어떤 여자와 아이들이 데려왔다. 아이들은 울고 있었고 여자는 몹시 화가 나 있었다.

"붓시가 새끼를 배다니 상상할 수도 없어요".

"흔히 생기는 일이죠. 부인."

여자가 흥분해서 어찌나 왔다 갔다 소리 지르고, 쿵쾅거리는지 봐줄 수가 없어, 밖으로 내보냈다. 그리고 새끼고양이 여섯 마리만 보호소에 남겨졌다.

"난소 제거를 하든가 거세하세요."

"난소 제거를 하든가 거세하세요."

아무리 여러 번 일러줘도 사람들은 도통 말을 수신하지 않는다. 사람들을 데리고 와서 동물들을 안락사 시키는 걸 두 눈으로 직접 지켜보게 해야 이해를 할런가? 새끼고양이가 죽은 걸 본 적 있는지? 죽은 새끼고양이 여섯 마리는 어때? 그때도 가슴이 찢어지지 않는다면, 당신은 심장이 없는 사람이다. 가끔 정신분열증을 호소하는 보호소 직원이 생기는데, 하나도 이상할 게 없다. 동물을 사랑하면서도 동물을 죽여야만 하는 모순의 위에서 매일 아슬아슬하게 줄타기를 해 봐라. 한번은 안 떨어지겠는가? 길거리에서의 짧고 비참한 삶 대신 선택할 수 있는 유일한 대안이 안락사뿐이더라도, 어쨌든 안락사는 소름끼치도록 싫은 일이다. 그 모든 일은 단지 무관심, 사람들의 무관심 때문에 생긴다. 사람들은 교육받아야 하고 정신 차리게 한 대씩 맞아야 한다. 멜리사가 두고두고 하는 말처럼, 정보가 생명을 구한다.

지금 보호소 안에는 멜리사밖에 없다.

"이건 또 뭐가 잘못된 거야!"

멜리사가 사무실에서 컴퓨터에 대고 뭐라 소리치며 돌아다니는 소리가 들린다. 그래서 나는 가방을 내려놓고 도와주러 들어간다.

여느 때처럼 멜리사가 한 번에 너무 많은 일을 하려는 바람에 컴퓨터가 먹통이 된 것이다. 나는 파일을 백업하고 컴퓨터를 다시 작동시킨다. 멜리사는 항상 한꺼번에 많은 일을 하려 드는데, 그러는 데는 다 이유가 있다. 소장이자 엄마이고 경찰이면서, 동물관리국과 이야기하고, 동물보호소의 지역 분양소를 신설하고, 장거리 달리기 대회에서 기금을 모금하고, 새 자원봉사자를 선발하는 일 등을 다 한다. 기존 봉사자들의 기분을 맞춰 주고, 물품을 주문하고, 기금 모금 편지를 쓰고……. 이 모든 일이 컴퓨터가 멈췄을 때 멜리사가 하려던 일이었다. 꼬리를 흔드는 개의 그림과 함께 "앉아! 뒷발로 서!"라는 글이 화면 맨 위에 보인다.

"넌 오후에 와야 되잖아."

멜리사가 브룩데일 동물 보호소라고 쓰인 이 빠진 하얀 커피 잔으로 손을 뻗으며 말한다.

"네 피보호자 확인하러 왔니?"

나는 아무 말도 하지 않는다.

드디어 바탕화면에 글이 뜬다.

우리는 당신이 기부를 한다면 뭐든 할 용의가 있어요!

"레이첼, 불가능한 일이라는 건 너도 알 거야. 제발 현실적으로 생각해. 널 위해서라도, 또 개를 위해서라도. 그 개는 여기에 있는 게 바로 불행한 일이야. 설마 모르는 건 아니지?"

"이제 컴은 괜찮아요."라고 단조로운 목소리로 대답한다.

나는 목소리에 내 기분을 얹지 않으려 애쓴다. 아니, 나도 바보가 아니니까, 그르렁에게 문제가, 그것도 큰 문제가 있다는 건 알지만, 그렇다고 들개가 분양되지 말라는 법은 없다고 본다.

사실 개는 아니었지만, 수집가의 고양이들이 입양된 경우를 본 적이 있다. '수집가'에 대해 아는지? 수집가란 진짜 정신이 이상한 사람들이다. 돌볼 수도 없으면서, 또 돌보지도 않으면서 집 잃은 동물을 자꾸자꾸 잡아다 간다. 그럼, 그 동물들은 정말 끔찍한 상태에서 살게 되는 것이다. 이 고양이들도 그랬다. 이웃이 경찰을 불렀는데, 그들은 그 집에 썩어가는 시체가 있다고 생각하고 신고한 것이다. 그만큼 냄새가 지독했다. 근데 그 집에는 서른 마리 남짓 되는 고양이들이 쓰레기통도 따로 없고, 썩은 음식 찌꺼기가 곳곳에 말라붙은 집 안 가득 득시글거리고 있었다. 그 틈바구니에서 반쯤 눈이 먼 노파가 앉아 '아가들'과 이야기하고 있었다. 대부분의 고양이들은 안락사를 시킬 수밖에 없었다. 그들은 너무 심하게 병이 들어 이미 손을 쓸 수가 없거나, 길들지 않아 너무 흉포했다. 하지만 보호소에서 일한 지 오래된 캐티 할머니 봉사자가 그중 제일 어린 캘리코, 메인 쿤 잡종, 타이거, 이렇게 세 마리를 돌보았는데, 나도 그렇게 그르렁을 돌보고 싶다. 게다가 그 고양이들은 결국엔 입양자리를 찾았다. 그래서 나는 내가 하고자 하는 일이 전적으로 불가능한 일이라고는 생각지 않는다. 단지 어려울 뿐이고 힘이 많이 들 뿐이다.

그래, 어쩌면 불가능할지도 몰라. 하지만…….

"레이첼, 저 개는 야생견이야. 알지? 사회화가 덜 된 것이 아니라 야생이라고. 쟤는 너나 다른 누구에게도 입양되지 않아. 어리석은 짓 하지 마."

멜리사가 말한다.

내 손이 부들부들 떨린다. 내 안에서 분노가, 분노뿐만 아니라 뭔가가 자꾸 솟구친다. 우리는 전에도 부닥친 적이 있다. 입양 정책에 대해서, 또 내가 개들과 할 수 있는 일과 할 수 없는 일에 대해 충돌한 적이 있었다. 하지만 이번은 다르다. 그리고 멜리사도 다르다는 것을 안다. 멜리사의 목소리에서도 느껴지고, 커다란 눈이 어느 때보다 더 커진 것을 봐서도 알 수 있다.

"내 개인 시간에 할 작정이에요."라고 내가 큰 소리로 말했다.

"그래서 그게 뭐가 중요하다는······."

"개에게는 중요하지. 그리고 여기도 여유가 없고. 우리는 우리가 거둘 수 있는 동물에게는 공간을 내줄 수 있지만, 그런······."

"그럼 내가 우리를 가져올게요!"

난 너무 화가 나서 납땜할 때 녹아나오는 뜨거운 납물 같은 눈물이 눈에 핑 돈다. 얼굴은 사막의 해골처럼 하얗게 열이 나고, 내 목소리는 해골의 목소리처럼 크고 희미하게 들린다.

"동물들을 구하자고 하는 일이지, 죽이자고 하는 일은 아니잖아요!"

"나도 구할 수 있는 동물들은 모두 구해!"

이제 멜리사도 거의 나만큼 언성을 높인다.

"하지만 이놈은 안 된다고. 너도 할 수 없는 일이고. 선별의 문제니까, 우리는 가능성 있는 일을 해야 돼······."

하지만 난 더 듣지 않는다. 더 들으면 괴성을 지르거나, 울어버리겠기에, 여기서 사라져야 한다. 나는 사무실을 뛰쳐나와서 제이크에게 달려간다. 제이크는 김이 모락모락 나는 커피 머그컵을 손에 들고 있다.

"워! 워!"

제이크가 나를 진정시키면서 팔을 붙잡는다.

"딱하기도 해라."

제이크는 내 얼굴을, 내 눈을 보다가 재빨리 멜리사를 번갈아 쳐다본다. 그리고 멜리사에게 "잠깐 실례!"라고 말하며 문을 닫는다. 여전히 내 팔을 잡은 채 "무슨 일이야?"라고 묻는다.

난 울지 않을 거야. 울지 않을 거라고.

하지만 내가 말도 못 하고 제대로 숨도 못 쉬자 "이리 와!" 제이크가 천천히 나를 검사실로 이끈다. 그곳엔 금속 상판을 얹은 테이블과 면봉, 주사 바늘, 고단백 식품 튜브가 잔뜩 쌓인 선반이 있다.

"말해봐. 무슨 일이야?"

그제야 나는 말을 하기 시작한다. 처음이 어려웠지, 말문이 터지자 봇물처럼 쏟아낸다. 그러자 가슴이 후련해지고 눈 뒤쪽의 뻐근함이 조금 해소된다. 제이크는 팔짱을 끼고 탁자에 기댄 채 내 말을 듣는다. 내 말이 끝난 듯하자 비로소 입을 연다.

"내 여동생이 뉴펀들랜드종인 에드가라는 개를 키웠는데, 덩치가 그만큼 큰 개도 없을 거야. 어쩌면 동생이 그 우리를 아직 갖고 있을지도 몰라."

제이크는 머그컵을 집어 들고 방을 나간다. 복도를 가로질러 멜리사의 사무실로 가는 기척이 나더니 두 사람의 목소리가 들린다. 멜리사의 그것은 날카롭고, 제이크의 것은 낮다. 난 더 듣고 싶지 않아서 내 할 일을 하러 간다. 우리에 웅크리고 있는 금색과 하얀색의 그르렁을 보러 간다. 녀석을 보는 것만으로 마음이 풀린다. 사나워 보이는 저 눈은 모든 것을 아는 것 같다. 녀석의 다리에 감긴 붕대는 더러워졌지만, 붓기도 빠지고 한결 나아 보인다. 나는 천천히, 아주 천천히 앉는다. 그르렁 옆에 바투 앉는 게 아니라 우리 앞의 바닥에 멀찍이 떨어져 앉는다. 그냥 거기 앉아서 으르렁거리는 소리를 듣는다. 녀석이 어떤 느낌인지 느낀다. 우리에 갇혀서 속수무책이겠지. 무기력함을 느끼겠지. 그 몸피만큼이나 분노가 크겠지. 그 분노는 유리컵 속에서 찰랑거리며 넘칠 듯한 물 같다.

눈을 들여다보니, 녀석은 머나먼 동굴 깊숙한 곳에 있는 것 같다. 그곳은 이 세상에서 유일하게 안전한 곳인 자기만의 동굴이다. 그걸 보니 가슴이 아린다. 녀석은 내가 얼마나 자기를 돕고 싶어 하는지, 안전한 곳으로 인도하고 싶어 하는지 모른다. 녀석에게 나는 단지 또 하나의 나쁜 것이고, 적이며, 그들일 뿐이다.

그래서 난 조용히 그리고 천천히 다시 말을 시작한다. 별말 아닌 그저 이름만 자꾸자꾸 되풀이해서 들려준다. 노래처럼. 녀석에게 흐르는 노래처럼 이름을 읊조린다. 가방에 손을 뻗어 와가롱을 꺼낸다. 눈을 보니 녀석이 냄새를 맡았다는 걸 알 수 있다. 하지만 내가 손을 내밀자 녀석은 사납게 으르렁거리며 입술을 말아 올려 이빨을 드러낸다. 온몸을 뻣뻣하게 굳히며 금방이라도 덤벼들 태세여서 "알았어. 알았다고. 그르렁. 좋아!"라고 말하며 녀석이 창살을 통해 닿을 만큼 가까운 곳에 와가롱을 한 움큼 퍼놓는다. 그러고는 뒤로 물러 앉아 기다린다. 그러나 으르렁 소리를 멈추지 않고 귀를 세우지도 않아서, "알았다고." 다시 말한 다음 가방을 챙겨서 방을 나온다. 문 밖에서 기웃거리며 엿보니, 콜리 특유의 긴 코로 필사적으로 킁킁거리다가 와가롱을 발견하고는 게걸스럽게 먹어치운다.

나는 남은 봉사 시간 내내 멜리사를 피해 다니다가 미처 자리를 피하지 못할 때는 노려본다.

걱정 마!

나 자신에게 자꾸 되뇐다.

그르렁은 괜찮을 거야.

사육장을 치우고 먹이통을 채우고 있는데 "어이!" 제이크가 한 팔 가득 종이 타월을 안고 지나면서 나를 부른다.

"주차장에 있던 복서 알지? 어제 진짜로 자상한 노부부가 입양해 갔어. 복서가 당신들이 옛날에 키우던 개 피넛츠와 비슷하다면서."

복서는 버려졌는지 아니면 도망쳤는지, 개 줄이 없는 채로 주차장에서 발견되었다. 큰 멋진 순종인데 보통의 어린 개처럼 극도로 긴장한 상태였다. 제이크가 웃자, 나도 웃는다. 여기서는 이게 최상의 결말이자, 가장 행복한 결말이다.

또 빗물 배수관에서 구조된 늙은 개와 샴 고양이 세 마리가 한꺼번에 입양된 일이 있었다. 늙은 래브라도도 선택이 되었는데, 아이러니 하게도 늙고 귀머거리였기 때문이다.

"이 개는 사람의 손길이 많이 필요한 것 같군요."

그 남자가 말하면서 래브라도의 등을 쓰다듬자 개는 자신의 운명이, 자신을 둘러싼 모든 것이 어떻게 바뀔지 궁금하다는 듯 꼬리를 흔들었다. 이런 일이 생길 때면 글을 쓸 때와 같이 가슴속이 벅차오른다. 단지 다른 점이 있다면 가슴이 저린데, 부드럽고도, 아름다운 저림이라는 것이다. 어쩌면 다른 식으로, 이를테면 강아지는 익사하고, 고양이는 뿔뿔이 흩어지고, 아무도 노쇠한 귀머거리 개를 원치 않아 생을 마감하기 십상인 게, 이 바닥 일이다. 그렇기 때문에 이런 행복한 결말이 더욱 소중하게 느껴진다. 그것은 마치 고통이 기쁨을 빛나게 하고, 황금 광산을 찾을 때도 검은 광맥을 보고 찾듯이, 반드시 두 가지가 함께 있어야지만 기쁨이 얼마나 달콤한지 알게 되는 이치와 같다.

그르렁에게도 그런 기쁨이 찾아 올 것이다.

난 그걸 안다. 반드시 그래야만 하고.

집에 가기 전에 녀석을 다시 확인한다. 문에서 기웃거리는 나를 보고, 녀석이 가슴 밑바닥에서 들끓어 오르듯 으르렁 소리를 높이는데, 여전히 기계톱 같다. 근데 어쩌면, 어쩌면 저번보다는 덜 시끄러운 것 같다. 난 해맑은 햇빛 아래서 깔끔하게 털을 고른 그르렁이 원반이나 다람쥐를 쫓아다니는 모습을 그려 본다. 내 침대에 벌렁 누워 잠도 자고, 꿈을 꾸는 양 발을 가볍게 차기도 하는 그르렁을.

걱정 마. 그르렁, 걱정하지 마. 내가 집으로 데려 갈게.

5장

불가사리 한 마리

"이봐요! 물에 버려진 불가사리가 수백만 마리가 넘는데,

그중 몇 마리 도로 바다에 던져 넣는다고 뭐가 달라지겠소?"

그러자 그 남자가 불가사리 한 마리를 바다로 던지면서 대답했지.

"이 한 마리에겐 아주 큰 차이가 있죠."

"녀석 이야기 더 썼어?"

내가 노트를 몇 장 건네자 그리핀이 묻는다. 그리핀은 자기 작문에 '그 굉장한 멍청이들.'이라고 제목을 붙였는데, 그 유머에 웃음이 난다. 난 어젯밤에 잠을 못 자서 눈이 뻑뻑했지만 일단 그의 글을 읽기 시작하자 피곤함도 잊는다. 주변의 아이들도 잊은 채, 읽는데 빠져서 터져 나오는 웃음을 참느라 이를 앙다물어야 했다. 세계 정복을 꿈꾸던 십 대 좀비들이 다른 이유 때문도 아니고, 쇼핑 다니고 TV 보느라 바빠서 뜻을 이루지 못한다는 코믹한 이야기다. 글 전체가 일종의 광고 카피 형태로 쓰였는데 예컨대 이런 식이다.

휘트니는 아름답고 매끄러운 머리를 바람에 휘날리며 저-칼로리의, 제로-칼로리의 인육을 포식한다.

"좋아?"

그리핀이 내 귀에 대고 묻는다. 오늘 그리핀은 빛바랜 바지와 페피스 피자 셔츠 차림인데, 셔츠에는 알록달록한 옷을 입은 어릿광대 페피의 모습이 그려져 있다.

"네가 좋아할 것 같았어."

"죽음이야! 이건⋯⋯."

"그 굉장한 멍청이들."

그리핀은 아나운서를 흉내내 굵고 낮은 목소리로 말하고는 다시 내 글을 읽는다.

종이 울리자 그리핀이 자기 물건을 챙겨 들고 문에 서 있다. 나를 기다리는 건가? 그런데 크루첼 선생님이 내게 손짓을 하는 양이 백일장 이야기를 하고 싶은가 보다. 그래서 "점심 때 볼까?" 하고 그리핀에게 물었는데, 들었나? 들었는지 말았는지 그리핀은 그냥 가 버렸다.

선생님이 내게 수잔 자던 책을 내미는데 제목이 《나의 자살 사건에 대하여》다.

"코미디야."

선생님이 웃으며 말한다.

"블랙 코미디. 꽤 재미있어⋯⋯. 작문은 어떻게 돼 가니?"

"잘 돼가요."

이상한 일이지만, 내가 그르렁에 대해 걱정하면 할수록 글은 더 잘 써지는 것 같다. 걱정이, 감정이 내 필력에 엔진을 단 것 같다. 글을 쓰노라면, 녀석을 거기서 빼 내와 집으로 데려오는 일이 생길 수도 있을 것 같고, 생길 것처럼 느껴진다. 어떻게든 말이다. 어제 나는 인터넷으로 개 용품하고 개 우리, 직접 만드는 개집, 거기다 개 부리망까지 찾아보았다.

"빨리 끝냈어야 했는데."

"글을 보내기 전에 검토하는 게 좋겠는데. 너만 괜찮다면, 이번에도 그리핀이랑 같이 검토를 해보는 건 어때?"

"저야, 영광이죠. 걘 글을 정말 잘 써요."

난 대답한다.

점심시간에 바로 미디어센터로 갔지만, 그리핀이 거기 없다. 개인용 열람실이랑 컴퓨터실에도 뒤져본다.

어디 있는 거지? 내 말을 못 들었든가, 아님 듣고도 귓등으로 흘려들었거나. 뭐, 좋아, 혼자 점심 먹으면 되지. 수백만 번도 더 혼자서 점심을 먹었잖아. 난 개가…….

"야."

내 뒤에서, 그리핀이 가쁜 숨을 내쉰다.

"바깥 날씨가 좋아서 네가 계단에 있는 줄 알았어."

오늘은 그리핀이 감자 칩 두 봉지를 가져와서 둘이 한 봉지씩

창가에 서서 먹으며 이야기한다.

"네 글에 나오는 개 말이야. 실제로 있는 개지. 응? 근데 네 개는 아닌 거고?"

나는 그리핀을 지나쳐 창밖을 본다. 바람이 불자 지난겨울에 죽은 마른 잎사귀가 가지에서 떨어져 흩날리는데, 마치 지금 현재 우리가 볼 수 없는 생각, 꿈, 미래 같은 것들이 마구 흩날리는 것 같다.

그리핀이 대답을 기다리는데 나는 입을 열 수 없다. 내가 아무 말도 하지 않는 건, 어디까지 말해야 할지, 어느 정도까지 말하고 싶은지 확신이 서지 않기 때문이다. 그리핀이 재촉하지 않고 감자 칩을 바삭 씹어 먹으며 내게 그린망고 티를 권한다.

"녀석은 보호소에, 내가 일하는 브룩데일 보호소에 있어. 콜리 잡종인데 유기견, 들개야. 알지? 들개들은 길들지 않잖아. 정말 길들이기 어렵지. 길들이려면 먼저 사람들을 신뢰하게 해야 하는데, 녀석들은 사람들을 믿지 않거든. 사람들이 너무 못되게 굴고 비열하게 대했잖아……."

나는 그리핀을 마주 보며 "녀석을 기르고 싶어."라고 소리 높여 말하고는 다시 목소리를 낮춘다.

"그렇지만 마음을 열고 나를 받아 줄지 모르겠어."

그리핀이 허쉬 초콜릿 바를 꺼내 반으로 뚝 잘라 내게 건넨다.

그러고 물으며 머리를 옆으로 돌린다.

"그런 일에 신경이 쓰이니?"

그리핀은 금발머리 아래 해골과 엇갈린 뼈다귀가 그려진 해적기 모양의 작은 은 귀고리를 했다. 초콜릿이 혀에서 조금씩 녹더니 모두 없어졌다. 밖에 차가 지나가는데 엔진소리가 커서 유리창이 흔들릴 정도다.

"그런 데서 일했거나 그런 일을 봤니? 학대받은 동물이랑, 그런 것들?"

"응, 신경이 쓰여. 그런 건 정말 싫어. 동물들을 아프게 하는 사람들도 싫고."

그리핀에게 들려 줄 이야기가 많지만 하지 않을 테다. 그건 너무 끔찍하고 너무 슬프니까.

"거기 가서 동물들을 돌봐 주고 예뻐해 주면, 나도 기분이 좋아지거든."

난 그리핀에게 복서와 샴 고양이 세 마리, 귀머거리 늙은 래브라도 이야기를 한다.

"그렇게 일이 잘 풀리는 맛에 계속 가게 돼. 그리고 그 콜리 그르렁도 잘 될 거라고 생각해."

멜리사가 뭐라고 말하든.

그때 종이 울리는 소리에 우리 둘 다 깜짝 놀랐다. 점심시간이 너무 빨리 지나가버린 것 같다. 그리핀이 초콜릿 포장지를 버리자 미디어센터 직원이 보고 여기는 식당이 아니라고 잔소리를 한다. 그러자 그리핀이 "네, 알아요. 우리도 글 정도는 읽을 줄 알거든요."라고 대꾸한다. 그 말이 웃겨 나는 웃는데, 직원은 우리 이름을 올려 적는다. 아님 내려 적든가.

나는 계단에서 그리핀과는 다른 쪽으로 가면서 "초콜릿 잘 먹었어. 내일 보자." 하고 인사한다.

"그래."

그리핀은 대답하고선 물살 빠른 강물 속에서 꼼짝 못하는 사람처럼, 이리 밀리고 저리 밀리는 와글와글 틈에 멈춰 선다. 뭔가 할 말이 있는 것 같이 입을 벌린 채 서 있다가 끝내 아무 말 않고, 학생들에 섞여 사라진다. 무슨 말일까?

수업이 끝나고, 그리핀이 동쪽 문 옆에서 머리에 햇빛을 받으며 서 있는데, 머리색이, 뭐더라? 밀색? 민들레 씨앗색으로 빛난다.

"오늘 갈 거야?"

나와 보조를 맞춰 걸으며 묻는다.

"그 녀석 보러?"

나는 걸음을 늦추다가 인도를 오가는 사람들 틈에 우뚝 멈추어 선다. 얼굴이 점점 달아오르는 느낌이다. 어찌할지 모르겠다. 가방에는 더 많은 와가룽과 녀석에게 큰 소리로 읽어 주려고 가져 온 책이 들어 있다. 조련사들이 자신들의 목소리를 동물들에게 익히게 하기 위해 가끔 책을 읽어 준다고 들었다. 그리핀 앞에서 책을 읽는 게 쑥스러운 건 아니지만, 그렇지만 뭐랄까? 모르겠다. 보호소는 그냥 나만의 공간인데 아무나 들락날락거리게 한다는 건……. 그렇지만 내가 가는 곳에 대해 거짓말하기도 싫다. 그리 핀에게도 거짓말하기 싫다. 수백 가지 생각이 순식간에 마음을 스치는데, 머릿속을 마치 소금쟁이가 연못 위를 미끄러져 다니느라 미친 듯이 발을 헤적이는 것 같다.

만약 그리핀이 웃어버리면 어쩌지? 누가 너에 대해 신경이나 쓰니? 누가 너 하는 일에 관심이나 있는 줄 아냐고 그러면 어쩌지…….

그런데 그리핀이 내 얼굴에서 그런 혼란스런 망설임을 봤나 보다. 그리핀의 얼굴이 굳어지면서 웃음이 희미해지더니 "신경 쓰지 마."라고 말하며 뒷걸음질로 내게서 멀어진다.

"내일 보자."

난 벼랑 끝에 서 있는 느낌이다. 내 심장이 주먹으로 가슴을 둥 둥 치듯이 쿵쾅거린다. 가까스로 "나랑 보호소에 같이 갈래?"라 고 묻는다. 내가 내뱉는 말 한 마디 한 마디가 허공 속으로, 공기 속으로 사라져가는 것만 같다.

나는 걷기 시작한다. 그리핀이 따라올까? 그가 따라온다. 아무 말 없이, 비쩍 마른 한쪽 어깨에 가방을 메고. 이제 우리는 나란히 걸음을 맞춰 주차장을 가로질러 간다. 작년 추위로 떨어진 느릅나무 잎이 거리에 카펫을 깔아놓은 것 같다.

이제 숨어야 해. 달리지도 못하겠고, 걸을 때조차 발이 쑤신다. 다리가 아프고 무겁다.

처음에는 배만 고팠다. 긴 해거름을 매달고 겅중겅중 뛰는데 곧 밤이 찾아왔다. 낡은 상자 모양의 건물 앞, 잡초가 우거진 마당 여기저기에 그들이 흩어져 있다. 그들 일부는 차에 앉아 있다. 연기 냄새가 나고 아래쪽에서는 뭔가 끔찍한 냄새가, 두려움과 비슷한 냄새가 나는데 "어이, 아가씨!" 한 사람이 자리에서 일어나며 부른다.

"이리 와. 이거 먹어."

웃음이 들리지만 귀에 거슬린다. 나는 으르렁거리며 뒤로 물러서 막 달아나려는데, 내가 미처 보지 못한 곳에서 그들 하나가, 비정상적인 그들 하나가 나오는데 몸을 제대로 가누지 못한다. 지독한 냄새를 풍기는 그들 하나가 내 등에 손을 대려는 순간 콱 물어 버린다. 손을 세게 물리자 나를 놓으며 비명을 지른다.

그러자 또 다른 그들 하나가 나를, 내 다리를 세게 찬다. 그래서 나는 몸을 돌려 도망친다. 하지만 악! 아파, 난 쓰러지고 그들 하나가 나를, 내 배를 발로 찬다. 난 아파서 발톱으로 바닥을 박박 긁는다. 우지끈, 막대기를 부러뜨리는 짧고 무시무시한 소리가 나더니 나를 후려친다. 흙과 자갈이 날리고…….

……그래도 나는 일어난다. 배도 쓰라리고 숨 쉬기 힘들어도. 달아나려고 애쓰는데 달릴 수가 없다.

두려워.

달릴 수가 없어.

두려워, 아!

그렇지만 움직일 수는 있다. 아까 그 비정상적인 그들처럼 비틀비틀 절뚝거리면서, 다리를 질질 끄는데, 피 냄새도 나고! 아프긴 해도 일단 움직이기 시작하자 두려움은 줄어들었다. 가능한 빨리 숨을 곳을, 내 다리를 핥고, 냄새 맡을 곳을 찾을 때까지 달려야 한다.

난 마침내 작은 상자 건물을 찾았다. 그들 냄새가 나긴 하지만, 그 냄새는 오래되었다. 난 거기에 숨는다. 귀를 늘어뜨린 채 엎드려 있는데 상처는 쑤시고 목에서는 그르렁 소리가 난다. 결국 잠이 든다. 캄캄한 밤에 고양이 돌아다니는 소리가 들리는데, 뭘 잡았는지 찍찍거리는 소리가 났다. 생쥐야? 들쥐야? 그들에게 차인 배가 아프기는 하지만 피는 나지 않는다. 배는 괜찮지만 다리가 아프다. 두려울 정도로 안 좋고 상처가 깊다.

다시 잠이 들었다가, 낮에 깨어나니 갈증이 난다. 아, 목이 탄다. 배고픔보다 갈증이 더 견디기 힘들다. 걸어보는데 자꾸 넘어진다. 좀 더 쉬어야겠다. 태양이 움직이니 빛이 지나간다. 그들이 가까이서 그리고 멀리서 지나간다. 그들은 내가 여기 있는 줄 모른다. 꽤 오래 그들 소리가 들리지 않는다. 나는 기어 나와 하다못해 녹색 물이라도, 마셔야 할 것 같아 뭐든 마실 것을 찾는다.

난 멀지 않은 곳에서 뭔가 마실 것을 찾아낸다. 잡초 속의 구겨진 종이컵에서……. 그리고 있던 곳으로 돌아와 가만히 누워 숨을 들이마셨다 내쉬었다 한다. 배가 몹시 고프다. 배가 고파서 아플 정도로. 하지만 먹이를 구할 방법이 없다. 다리가 더 안 좋다. 상처 난 자리가 부어오르고 벌게진다. 독이 있었나? 두려움은 그들처럼 웅크린 채 나를 기다린다. 내가 나오기를 기다렸다가 다시 덮친다.

보호소로 가는 내내 그리핀은 연신 내게 질문을 퍼붓는다. 어떻게 거기서 일을 시작하게 되었는지, 거기가 어떤 곳인지, 우린 무슨 일을 해야 되는지를 물어 본다.

"동물을 도와주는 일이지. 그냥 우리가 할 수 있는 일을 하면 돼."

그리핀에게 답한다. 그러고는 그리핀에게 불가사리 이야기를 한다.

"그 이야기 알아? 한 남자가 바닷물이 밀려나간 해안가를 걷고 있는데, 불가사리 수백만 마리가 널려 있는 거야. 그래서 걸으면서 한 마리 한 마리 주워서는 그것들을 도로 바다로 던졌대. 다른 사람이 그것을 보고 말했어.

'이봐요! 뭍에 버려진 불가사리가 수백만 마리가 넘는데, 그중 몇 마리 도로 바다에 던져 넣는다고 뭐가 달라지겠소?'

그러자 그 남자가 불가사리 한 마리를 바다로 던지면서 대답했지.

'이 한 마리에겐 아주 큰 차이가 있죠.'

그게 우리가 하는 일이야."

내가 말한다.

보호소에 도착했을 때는 번잡지 않은 시간이라서, 나는 그리핀에게 여기저기 구경시켜 준다.

"여기는 접수대고, 이게 구조 차량, 이쪽은 개들 방, 저쪽은 고양이들 방이야."

그때 그리핀이 "전부 새끼고양이네." 한 대 얻어맞은 사람처럼 얼빠진 소리로 말한다. 여기에 익숙하지 않은 사람에게 여기가 얼마나 당혹스러운 곳인지, 난 잠시 잊었다.

"무슨 일이 생긴……."

그리핀은 뭔가 물으려다 그만두는데 동물들에게 무슨 일이 생겼는지 보기만 해도 알 수 있었기 때문이다. 어쩜 사연들도 그렇게 많은지…….

"여기, 여기."

그리핀은 얼굴을 창살 가까이 대고 새끼고양이 두 마리가 손가락 끝을 핥게 둔다. 그의 목소리가 참 상냥하다.

"이봐, 예쁜이들."

그리핀이 있으니까 이곳이 뭐랄까, 더 초라해 보이는 것 같다. 무척 볼품없긴 하다. 벽은 칠도 다시 해야 하고(또 지금처럼 구역질 나는 병원 초록색이 아니면, 정말 고맙겠어), 바닥은 찌든 때가 닳아 반들반들하다. 들어오는 돈을 몽땅 동물들에게 쓰다 보니 어쩔 수 없다. 하지만 그리핀은 그런 것은 눈에 들어오지도 않는 듯 여전히 새끼고양이들에게 빠져 살핀다. 목소리만큼이나 그의 얼굴 표정도 상냥한 게, 전에는 본 적이 없는 모습이다. 새끼고양이를 쓰다듬고, 속삭이는 동안 감춰져 있던 그리핀의 진면목이 수면으로 둥둥 떠오르는 것 같다. 그리핀은 나를 보며 얼굴을 붉게 물들이는데, 어찌나 빨간지 그런 모습이 나를 미소짓게 한다.

홍홍홍! 네가 새끼고양이를 겁나게 좋아하는구나. 응? 그렇다면, 네 귀여운 비밀은 내 무덤까지 가져갈테니 걱정마라.

"고양이들이 너무 귀여워."

마치 지나치게 고양이를 쓰다듬는 자신을 합리화하듯이 그리핀이 말한다. 난 희미한 미소를 지으며 그냥 "지금 녀석 보러 갈래?"라고 묻는다.

우리는 개들이 있는 쪽으로 가로질러 간다. 내가 지난 번 다녀간 뒤로 개 몇 마리 —늙어 보이는 푸들, 맹해 보이는 큰 잡종 개— 가 새로 들어 와서 모든 우리가 꽉 찼다. 하지만 지금은 보호소 우리가 다 찼다는 생각을 할 수도 없고, 하고 싶지도 않다.

"저기 있어."

난 우쭐한 목소리로 말한다.

"쟤가 그르렁이야."

그리핀이 조심스럽게 우리로 다가선다. 너무 가까이도 말고, 너무 빠르지도 않게 가만가만 다가간다. 그런데도 녀석은 벌써 길고 맹렬하게 으르렁거린다. 녀석의 으르렁은 다른 동물들이 짖는 소리를 칼같이 끊어버린다.

"조심해!"

그리핀에게 경고한다.

"굉장히 거칠어."

"알아. 네 글 읽은 거 몰라?……. 이봐, 예쁜이!"

그리핀이 새끼고양이를 달래던 상냥한 목소리로 그르렁에게 말을 건넨다. 난 너를 해치지 않아라고 말하는 듯하다. 제이크가 다쳐본 사람만이 친절하다는 의미를 제대로 안다고 말한 적이 있다. 오늘 제이크도 올지 모르겠다. 자기 누이에게서 개 우리를 가져왔는지도 궁금하다. 개 우리를 못 가져오면 어떻게 해야 할까? 우리를 하나 살까 봐. 그르렁은 눈에 띄게 회복되고 있다. 서서, 넘어지지도 않는 걸 보니, 불안정해 보이지만 이제 설 수도 있고. 그리고…….

"이런!"

그리핀이 놀라면서 화들짝 쇠창살에서 물러난다. 마치 확 피어나는 불을 피하는 것 같고, 아니 달려드는 차를 피해 펄쩍 뛰어 물러서는 것만 같다. 그리핀이 녀석을 쓰다듬으려고 하지도 않았는데 그르렁은 다짜고짜 이를 드러내고 거칠게 으르렁 울부짖으며 덤볐다. 그리핀은 눈을 동그랗게 뜬 채 나를 보며 내가 자기 잘못으로 알까 싶은지 "난 손가락도 건드리지도 않았어. 레이첼, 진짜야, 난 손가락 하나……."

"알아."

녀석은 이제 다시 제자리로 돌아갔고 사납게 으르렁거리던 소리도 잦아들었다. 잠시 간담이 떨어지는 게, 마인샤프트 느낌이다. 마치 놀이기구가 천천히 오르다가 갑자기 수직으로 확 떨어질 때 나는 느낌말이야.

선별의 문제니까, 우리는 가능성이 있는 일을 해야 해.

하지만 녀석은 자신이 원해서 들개가 된 게 아니야. 자신도 어쩔 수가 없었다고! 길들지 않는다고 죽이자고. 사람들이 녀석을 길들지 않는 들개로 만들어놓고는. 녀석이 싸우는 법을 익히지 못했다면 벌써 오래전에 이 세상에서 삭제당했을 거야. 사람들, 굶주림 그리고 길거리에서 보낼 수밖에 없는 밤 때문에……

하지만 이제는 변할 줄 알아야 해. 변하지 않으면 죽어. 그걸 어떻게 이해시키지?

그때 "이봐!" 그리핀이 상냥하게, 새끼고양이 달래는 목소리로 내 귀에 대고 말한다.

"괜찮아. 단지……개가 잠시 흥분했을 뿐이야."

눈에 눈물이 고였지만, 그리핀에게 보이고 싶지 않다.

"알아."

녀석은 아직도 한결같은 경계의 소리로 으르렁거린다. '불도그 룰'이라고 쓰인 긴소매 티셔츠의 자원 봉사자 라선드라가 머리를 들이 밀더니 "일 안 해? 레이첼?" 하고 묻고 궁금한 듯 그리핀을 쳐다본다.

"금방 할게요."

"난 가야겠다. 그럼."

그리핀이 손을 뻗어 내 어깨를 가볍게 두드린다. 약간 어색하
게.

"내일 봐."

나가는 길에 그리핀은 새끼고양이를 한 번 더 볼 모양이다. 문
이 있는 왼쪽이 아니라 오른쪽, 고양이 보호실 쪽으로 도는 걸 보
니.

내가 다른 일을 하는 내내 녀석은 시종일관 으르렁거리고 나는
혼잣말로 그건 정상이라고 중얼거린다.

"그리핀은 그르렁에게는 백 프로 낯선 사람이고, 그러니 녀석
이 이방인에게 못되게 구는 건 당연하다고……."

나는 와가롱을 녀석 앞에 한 무더기 쏟아 놓는다. 하지만 녀석
은 그걸 건드리지도 않는다. 단지 날 지켜보며 으르렁거리기만
한다. 녀석은 궁지에 몰려 화나고 겁먹은 표정이다. 항상 경계태
세다. 다른 개들이 음식 냄새를 맡는다. 그래서 하릴없이 다른 개
들에게도 먹이를 준다. 일일이 손에 먹이를 올려놓고 직접 먹인
다. 그러는 동안에도 그르렁은 우리 앞에 놓인 먹이를 건드리지
않는다.

맡은 일을 마치고 사온 책을 꺼낸다. S.E. 힌튼의 《아웃사이디》, 난 어쨌든 심리학 수업 때문에라도 이 책을 읽어야 한다. 그래서 녀석 앞에 자리 잡고 앉아, 전에 읽다가 만 곳부터 큰 소리로 읽기 시작한다. 포니보이와 조니는 교회에 숨어 있고, 포니보이가 자신이 좋아하는 시[9] '어떤 찬란한 것도 오래가지 못하리……' 를 인용하는 곳부터.

……그르렁의 검은 눈을 보다 별안간 눈물이 주르르 흐른다.

어떤 찬란한 것도 오래가지 못하리.

그래도 난 "그르렁, 제발, 제발 살아남아야 해."라고 속삭인다. 우리에 갇혀 있는 그르렁을 본다. 들개는 목욕도, 빗질도 안 된 채, 털은 뭉텅뭉텅 뭉쳐 있고, 온몸은 피부병으로 붉게 짓무른 반점투성이에, 한쪽 다리는 털이 빠져 민숭민숭하다. 더럽고 야생화 되었다.

그르렁은 입양되지 않을 거야. 너나 누구한테도!

하지만 아, 그르렁, 제발 그르렁, 넌 날 믿어야 해. 아, 제발 그르렁, 그 와가롱을 가져 가. 그래야 내가 너를 집에 모시고 갈 수 있단 말이야. 그거 너 아니?

....

9) 프로스트의 시

6장
내가 미쳐 가는 게 안 보이나

"너 뭐라고 그랬어?"

"귀먹었어요?"

왜 나를 못살게 구는 거지? 아빠는 내가 미쳐가는 게 안 보이나?

목에서 분노가, 용암같이 반들반들한 빨간 거품이 부글부글 끓어오르고,

그 열기 때문에 숨조차 쉴 수 없다.

토요일 저녁 8시 반인데 나는 아직 침대에서 뒹굴고 있다. 담요는 낙타혹처럼 침대에 쌓여 있고 침대보는 헝클어져 있다. 베개는 세 개였는데, 난 두 살 때부터 베개 세 개를 가지고 잠을 잔다. 전등이 꺼져 있어 천장은 어둡다. 나 혼자서 그 천장을 색칠하고 꼬맹이들이나 붙이는, 그래서 뭐 어쨌다고? 저 스티커별을 붙였다. 백조자리, 처녀자리, 큰곰자리의 야광 별자리들. 나는 별자리에서 미래를 본다. 라디오를 켰더니 저음으로 깔리는 음악 소리가 흘러나오는데, 드럼 없이 장송곡 같이 연주되는 기타 선율이 꼭 내 마음 같다.

의식적으로 소리를 죽인 듯한, 달카닥거리는 소리, 물 흐르는 소리가 부엌에서 새어나온다. 엄마는 한 시간 전에 일주일에 한 번 있는 밤 외출을 했다. 수놓기 강의를 듣고 나서 회사 친구와 저녁을 먹는다고 했다. 엄마가 외출할 건데, 저녁을 어떻게 할 거냐고 물었다. 나 혼자서는 저녁을 해결하지 못할 것처럼. 아무튼 난 저녁을 먹지 않을 거고, 배고프지 않다. 오늘 그런 일이 있었으니 당연히 밥 생각이 없다.

전화벨이 두 번 울리고 나자 아빠가 전화를 받는다. 그러고는 방문을 두 번 두드리는 소리, 똑똑! 아빠가 머리를 불쑥 들이밀며 전등 스위치를 찰칵 하고 켠다. 아빠는 아무리 계산해 봐도 답이 안 나오는 숫자를 보는 눈빛으로 나를 쳐다본다.

"마가리타에 주문했어. 빨리 내려와."

"배 안 고파요."

아빠는 내가 심술부리느라 배고프지 않다고 말한다는 듯 인상을 찌푸린다. 문가에 서 있는 아빠는 형광 초록색 운동복 바지와 '연극은 나의 길' 이라고 쓰인 티셔츠를 입고 값 비싼 새 스니커즈를 신고 있다. 아빠가 스니커즈에 얼마나 많은 돈을 낭비하는지 믿지 못할 거다. 그렇게 차려 입으면 다시 열여덟 살짜리 운동선수로 돌아갈 수 있을 것 같은가 보다. 난 어쩌다가 철없는 운동광 같은 이를 아빠로 두게 되었는지?

나한테 제대로 된 건 하나도 없다.

"그게, [10]엔칠라다하고 [11]스페니쉬 라이스로 이인 분 시켰단 말이야. 네 몫은 버려야 하잖아."

난 남은 음식을 밀폐용기 따위에 넣으면 된다든지, 엄마가 이미 우리 저녁거리로 참치 음식을 데워 먹게 챙겨 놓았다든지 하는 점 등을 지적하지 않는다. 나는 입을 꾹 다문 채 침대에 누워 아빠를 빤히 쳐다본다. 적어도 엄마라면 내가 입을 꾹 다물고 있으면 '뭐가 잘못 됐니?'라고 묻기라도 할 텐데. 하지만 아빠는 문을 열어놓은 채 그냥 가버린다. 내게 밥 먹으라고 말한 걸로 부모로서의 의무는 다 했다는 듯이.

부엌에서 올라오는 매운 빨간 고추향에 구역질이 날 것 같다. 어쨌든 속이 안 좋다. 수잔 자던 책도 읽어야 하고, 심리학 참고 도서도 마저 읽어야 하고, 마감일이 코앞이니 백일장 작문도 써야 하고, 할 일이 산더미처럼 쌓였는데 난 꼼짝하기도, 읽기도, 쓰기도 싫다. 특히나 그르렁에 대해서 쓰기는 더 싫다.

어떻게 하지?

생각만 해도 속이 더 울렁거리는 것 같다. 한 편의 영화처럼 불가사의하게 휘몰아치는 비극처럼, 회상 신들이 머릿속에서 한 장면씩 떠오른다.

．．．．．．．．．．．

10) 토르티야(tortilla)에 고기 등을 말아 싸고 매운 칠리(chili) 소스를 끼얹은 멕시코 요리

11) 일종의 스페인 볶음밥이라고 할까? 볶지는 않고 쌀과 시즈닝과 냉동새우 등을 넣고 끓이는 요리

첫 장면에 내가 등장한다. 아주 일찍 보호소에 가서는 픽업트럭에 [12]뉴피 우리를 싣고 온 제이크를 만난다. 나와 제이크는 우리를 들고 안으로 들어가서 어떻게 하면 그르렁을 요령껏 우리에 넣을 수 있을지 가늠해 본다. "제대로 해야 해."라고 말하는 제이크의 이마에 주름이 져서 깊은 홈이 생긴다.

"까딱 잘못해서 녀석을 놓치면 정말 문제가 커지거든."

……다음 장면 : 우리 벽에 찰싹 붙은 그르렁이 점점 더 크게 으르렁거린다. 연신 제이크와 나를 번갈아 노려본다. 녀석의 시선조차 그르렁처럼 갇혀 있고, 분노와 두려움으로 가득하다.

……다음 장면 : 그르렁이 격하게 으르렁거리며 완전 싸울 태세로, 사납게 이빨을 번득이고 털을 바짝 곤두세운 채, 네 다리로 굳세게 버티는 바람에 상황이 더 꼬인다.

……다음 장면 : 우리는 둘 다 몸싸움하느라 땀범벅이 된다. 내 긴소매 티셔츠는 팔꿈치까지 찢어진다. 제이크가 녀석을 뉴피 우리로 몰아넣는 동안, 나는 둘 앞에 비켜서서 우리 문이 닫히지 않도록 붙잡고 있느라 안간힘을 쓴다.

"조심해, 레이첼 조심하라고!"

녀석이 순식간에 그 큰 덩치를 길게 뻗으며 발을 우리 밖으로 내밀어 발톱으로 할퀴었다. 녀석은 강하다. 아, 내가 예상한 거보다 훨씬 더 강하다…….

……그리고 다음 장면 : 피가 있다. 비명 대신 욕설을 퍼부으며 휙 가버리는 제이크의 팔은 피 범벅이 된 상태다. 그르렁의 가슴 갈기는 더 많은 피로 흉측하게 얼룩져 있고, 지저분한 하얀 털 속은 상처를 입은 듯 빨갛다.

……그리고 끝에서 두 번째 장면 : 뉴피 우리는 씹히고 찢긴 푸른색의 낡은 담요로 반쯤 덮여 있다. 제이크가 가쁜 숨을 몰아쉬며 나를 쳐다보고 있고, 우리 둘 다 헐떡거린다.

"아, 정말 모르겠다. 얘야."

난 모르겠어? 이 답은 제이크답지 않다. 상황이 정말 좋지 않다. 제이크가 손에 붕대 감는 걸 도우며 슬쩍 보니 벌써 상처가 부어올랐다. 그래도 나는 제이크에게 사정한다.

"보고하지 마세요. 제발, 녀석에게 기회를 주세요. 녀석이 광기를 부릴 거라고, 아저씨도 말했잖아요. 녀석은 상황을 이해하지 못 하고 있다구요!"

"레이첼, 너도 규칙을 알잖아."

물론 안다. 개에게 물리면 보고해야 하고 그 개는 일정 기간, 즉 열흘 동안 광견병 격리소로 가 있어야 한다. 그러나 그르렁이 열흘 이상을 격리되면…….

....
12) 뉴펀들랜드 개를 줄여 부르는 말

"제이크, 더도 말고 하루나 이틀만 기다려줘요. 네? 그럴 거죠?"

그러나 제이크가 끝내, 좋다 싫다 말이 없어 제이크가 그 사실을 보고할지 안 할지 확신을 할 수 없다.

결국 마지막 장면에서 제이크는 가버리고, 혼자 바닥에 털썩 주저앉아 그르렁을 노려본다. 형광등에서 나는 윙윙거리는 소리, 다른 개들이 꼼질대는 소리, 킁킁대는 소리뿐이다. 한바탕 전쟁을 치른 듯 거기 털썩 주저앉아 있는데 멜리사가 다가와 내 앞에 서서 묻는다.

"저 우리는 웬 거야?"

"제이크가 가져왔어요."

난 밑바닥에 앉아 멜리사를 올려보며 말했다.

"그러니 콜리 때문에 낭비되는 공간은 없어진 거죠."

멜리사는 나를 흘끗 보더니 눈살을 찌푸리고 한참을 노려본다.

"얘기 좀 하자. 교대 끝나면 나한테 와."

하지만 난 멜리사한테 가지 않고 그냥 나와 버린다. 멜리사의 말은 듣고 싶지 않다. 집에 오는 길에 머릿속으로 멜리사의 마음을 움직이게 할 말을, '그르렁은 바뀔 수 있어요. 좀 더 시간을 주세요. 안전한 장소만 있으면 돼요.' 같은 변명거리를 궁리하며 걸어왔다. 다른 동물도, 사람도 없는 곳, 여유를 갖고 나를 신뢰하도록 가르칠 수 있는 곳. 만약 녀석이 조금이라도 사람을 신뢰하게 되면……. 그때는 모든 게, 모든 것이 바뀔 것이다.

하지만 녀석이 그러지 않으면?

이제 라디오의 음악은 드럼을 두드리는 격렬하고 빠른 노래, '놔둬! 계속 놔둬! 놔둬!' 로 바뀌었다. 나는 그 박자에 맞추어, 내 가슴 속에 꼼짝 않고 죽은 듯이 딱 버티고 있는 공포를 피하려는 듯 주먹으로 벽을 쾅쾅 치기 시작한다. '네가 어떻게 하든 그런 일은 생기지도 않을 거고, 되지도 않을 거야.' 라고 주장하는 공포를 피하기 위해.

그대로! 둬! 그냥! 내버려 둬!

"레이첼!"

잘 안 될 거야. 네 땜에 무슨 일이 일어났는지 봐. 네 때문에, 네 탓에, 네 잘못이야.

놔둬! 그냥 놔둬!

"레이첼."

손에 냅킨을 구겨 쥔 채 아빠가 다시 문가에 와 있다. 텔레비전 소리가 들린다. 부엌에 있는 작은 텔레비전의 볼륨을 높여서 나는 소리다.

"그거 꺼, 뉴스 보고 있다고!"

"아빠가 문을 열어 놓고 갔잖아."

아빠는 말을 해 놓고 반쯤 가다가, 다시 돌아온다.

"너 뭐라고 그랬어?"

"귀먹었어요?"

왜 나를 못살게 구는 거지? 아빠는 내가 미쳐가는 게 안 보이나?

목에서 분노가, 용암같이 반들반들한 빨간 거품이 부글부글 끓어오르고, 그 열기 때문에 숨조차 쉴 수 없다.

"문을 열어 놓고 간 사람은 아빠라고 말했어요."

"뭐라고?"

진짜로 귀머거리인 양, 아님 놀라기라도 한 것 같다. 그러고 나서 아빠는 기차 화통을 삶아먹은 듯 큰 소리로,

"입 조심해, 쪼그만 게, 누가 아빠한테 그딴 식으로 말하라고 가르쳤어……."

전엔 안 그랬잖아요. 지금은 날 좀 내버려 둬요.

누운 채로 머리맡의 아빠를 노려보며 주먹으로 벽을 치는데 내가 그르렁인 것 같다. 아빠를 갈기갈기 찢을 것처럼, 날카로운 이와 분노와 고통이 내가 가진 전부인 것처럼.

그리고 잠시 뒤, 지루한 몇 분 뒤, 아빠는 복도를 따라 부엌으로 되돌아간다. 머리 위로 손을 뻗어 쾅 소리 나게 문을 닫는다.

바람에 문이 덜컹거리며 흔들린다. 오늘 생긴 일을 완전히 잘라 내어 끝내기라도 할 것처럼.

다시 깜깜하다. 배고픔도 나를 아프게 한다. 땅 위를 옴찔옴찔 기어 다니는 벌레를 먹었지만 먹으나 마나다. 깨어 있기 힘들다. 경계를……

……차 엔진 소리, 천천히 구르다 근처에서 멈춘다. 난 숨을 죽이고 또 죽인다. 그들 가운데 하나가 차에서 나와 가까이, 더 가까이 상자 모양의 집으로 다가오는 소리를 듣는다.

나에게 다가온다.

가까이 더 가까이.

두려워.

달리지 못하니까, 달릴 수가 없으니까…….

그들 하나가 어두운 문 안쪽을 빛 막대기로 비추며 둘러본다. 그들, 피부가 하얗고 갈색인데 "어이!" 샹냥하고 부드러운 소리로 말한다. 그들이 이따금 내는 소리다. 하지만 그들은 결코 친절하지도 않고, 믿어서도 안 된다. 달려야 하는데 달릴 수가 없다. 그래서 이를 다 드러내며 으르렁거린다. 계속 다가오는 그들 하나한테.

날 잡아서 아프게 하려고.

두려워, 두려워, 두려워.

하지만 너무 아파서 도망칠 수도 없어 싸우기로, 물기로 작정했다. 죽기 살기로 물어뜯는데 그들은 막대기와 얼기설기 엮은 줄을 가진 데 다 힘도 세다. 난 아픈 다리 쪽으로 넘어지고, 아, 아파! 불이 붙은 것처럼, 깽깽거리며 몸을 비트는데 그들 하나가 엮은 줄로 나를 둘러싸며 끌어당긴다. 난 다시 날카롭게 짖고 또 짖지만, 도망칠 데는 없고, 이제 는 두려움이 커진 만큼 아픔도 커진다.

그리고 차에, 큰 차에 작은 상자가 있는데, 줄로 둘러쳐진 벽을 물면 아프다.

잡혔다! 잡혔어!

언제부터 나를 다치게 할까?

이제 그들은 나를 어떻게 할까?

이 끔찍한 차는 나 같은 동물로 가득하다. 고양이들과 훨씬 더 거친 동물들, 너구리와 주머니쥐 냄새도 난다.

그들 하나도 지금 나만큼이나 숨을 가쁘게 쉬며, 큰 차의 문을 닫고 차를 부르릉거리게 하더니 출발한다.

7장

거짓말하기도,
좋은 표정 짓기도 싫다

학교는 작은 세상이라서,

　셔츠가 작아졌는데도 한동안 입어야만 하는 곳이다.

　　하지만 선생님이 이야기하는, 수잔 자던과 대학 따위는 내가 언젠가 닿을지,

못 닿을지 모를, 수평선의 한 곳처럼 불분명하고 머나먼 얘기 같다.

8시 15분, 늦었다! 그래서 뭐 어쩌라고?

한껏 늦장을 부리며 사물함에 갔다가, 느릿느릿 복도를 따라서 홀머 선생님의 심리학 교실로 들어선다. 아이들은 《아웃사이더》에 나타난 스트레스와 행동을 공부하고 있다.

"조니는 스트레스를 받으면 행동이 변해. 자신을 방어하기도 하고, 전에는 불가능했던 여러 가지 일을 성취하기도 하지."

"사람 찌르는 일을 성취라고 할 수 있나요?"

우리 반의 어릿광대 여자애, 켄드라다. 너무 서두른 탓에 타이밍을 빨리 잡아 교실을 웃음바다로 만들지는 못하지만 켄드라는 키득거리는 한두 애들을 곁눈질하고 교실을 휘 둘러보며 혼자 뿌듯해 한다.

홀머 선생님은 못 들은 체하는 건지 아니면 진짜 못 들은 건지,

하긴 너무 오래 아이들을 가르치다 보면, 선택적 귀머거리가 될 수 있어야 버티겠지. 선생님은 머리 모양을 봐도 백다섯 살은 넘어 보이지만 아마 예순 살쯤일 것이다. 예순 쯤 되면 은퇴해야 할 나이 아닌가?

"포니보이가 말하기를 둘이서 아이들을 구하기 위해 함께 일했을 때, 조니는 불 속에서 '행복한 시간을 만끽하는 것'처럼 보였다고 했어. 자, 스트레스가 어떻게 행동에 긍정적인 영향을 끼칠 수 있을까?"

내가 알 바 아니지. 난 지금 일생일대의 엄청난 스트레스로 머리가 터질 것 같고, 그건 내게 긍정적인 영향을 미치지 않거든. 어제 엄마가 완전 저기압이 돼서 내가 아빠와 '언쟁' 한 사실에 대해 잔소리한 것도 그렇고.

"레이첼, 네가 아빠 생각에 동의할 필요는 없지만 그래도 아빠를 존중 해야지. 아빠는 아빠야."

엄마의 얼토당토않은 말에 나는 대꾸했다.

"아빠가 존중받을 만한 일을 하면 그땐 그럴게."

그 말에 엄마는 한층 더 속에 불이 나는 모양이었다. 원래 그렇게 대꾸할 생각은 아니었다. 어떨 때 엄마는 아빠에 대한 생각이 은근히 나랑 같은 듯한데 공개적으로 인정하기는 어려운가 보다. 그게, 아빠는 엄마 입장에서는 그만둘 수 없는 직업인 것이, 엄마는 돈이 필요하니까.

아빠 일로 나무랄 때조차 엄마는 아기 곰을 보살피는 엄마 곰 표정으로 나를 쳐다보았다.

"무슨 일 있니?"

엄마는 궁금해 하며 내 침대 끄트머리에 걸터앉았는데 복도의 불빛이 엄마의 얼굴에 반쯤 그림자를 드리웠다.

"아빠 때문만은 아니지? 무슨 일이니?"

"아무 일도 없어."

"말하고 싶지 않으면, 안 해도 돼."

엄마는 말은 그렇게 하면서도 풀죽은 표정이다.

"하지만 엄마가 보기엔 뭔가 잘못 돼도 한참 잘못된 것 같아."

그래서 잠시, 아주 잠깐 동안 엄마에게든, 누구에게든 속마음을 털어놓으면, 마음의 짐을 덜어낼 수 있겠지 싶었다. 이제야 왜 사람들이 어떤 일에 무겁게 짓눌려 숨이 턱 막혀올 때, 말을 해버리면 숨통이 탁 트인다고 말하는지 알 것 같다.

물론, 난 말하지 않았다. 엄마가 뭘 할 수 있겠어? 행운이나 빌어달라고? 내 머리를 쓰다듬으며 자, 자 괜찮아라고 말하라고?

근데, 엄마가 내가 얼마나 겁에 질려 있는지, 겁나고 슬픈지 말할까 하던 바로 그 순간, 그 사실을 알아챈 것 같이 "아, 레이첼!" 하고 부르더니 내 어깨에 그 작고 따뜻한 손을 올려놓았다. 엄마

손이 그렇게 작은지 전에는 알지 못했다.

"넌 모든 일을 너무 심각하게 받아들여. 항상 그랬거든. 아주 꼬맹이일 때도 그랬지."

홀머 선생님이 내 쪽을 보며 찌푸리고 있어서, 내게 뭘 물어봤나 하며 의아해 하는데 "알아요." 켄드라가 대답한다.

"달라스는 그렇게 행동하죠. 그는 자신이 진짜 사나이라고 여기고, 폼 나게 행동하고 싶어 하니까요. 맞지, 얘들아?"

켄드라는 뒤에서 손가락을 혀 사이에 집어넣어 휘파람 소리를 내는 남자애들에게 눈을 부라린다. 그때 종이 울린다.

하느님 감사합니다!

나는 그 교실에서 나와 터벅터벅 크루첼 선생님이 기다리는 국어교실로 간다.

선생님은 나를 보자 바로 손짓을 하며, "작문은 잘 돼 가니?" 하며 묻는다.

교실 벽은 맥베스, 리어 왕, 베니스의 상인 등 공연 무대에서 가져 온, 반들거리는 새 포스터로 그득하다. 포스터엔 가발과 의상을 갖춰 입은 사람들, 가면을 쓴 사람들이 찍혀 있다. 그걸 보니 내가 가면을 쓰고 있는 것 같아서 어깨를 움츠리며 선생님 책상을 내려다본다. 뭐라고 말해야 할지 모르겠다. 그르렁 때문에 너무 스트레스를 받아 글을 쓸 수 없다고 말하고 싶지는 않다. 남은 시간이 별로 없었지만. 선생님에게 그 멍청한 백일장 따위에 신경 쓸 여력이 없다고도 말하고 싶지 않다.

올 여름 주정부 프로그램에 참가할 수 있다는 백일장도 달나라에 가는 일처럼 아득히 먼 일로 여겨진다.

설사 내가 장원을 한들, 그래서 간다 한들, 그르렁에게 뭐가 달라지겠어?

하지만 나는 그런 일들을 선생님에게 말하고 싶지 않고, 거짓말하기도 싫다. 좋은 표정 짓기도 싫어서, "썩 좋지는 않아요."라고 말하며 자리를 찾아 앉는다.

문에서 어슬렁거리는 그리핀이 보인다.

그리핀이 오늘은 슈퍼 치킨 티셔츠를 입고 있는데, 슈퍼 치킨 알아? 오래전부터 케이블 TV에서 방영하던 한심한 만화다. 그리핀이 나보고 힘내라고, 웃으라며 퍼덕퍼덕 팔꿈치로 닭 날개 짓을 하며 "꼬꼬댁"거리면서 내 옆을 지나 자기 자리로 가는데, 사실 정말 한심해 보인다.

그리핀이 교실 뒤쪽의 내 옆자리에 앉는다.

"꼬꼬댁 꼬꼬댁……."

"글쎄, 거의 그렇다고 봐."

첼시아가 존에게 말한다. 첼시아는 몸에 착 달라붙는 짧은 치마를 입고, 다리를 꼬고 앉아 한 발을 앞뒤로 흔든다.

"그리핀은 ¹³⁾치킨이고 레이첼은 암캐라니까."

"그리핀은 벌벌, 겁에 쫀 치킨 맞아. 쟤를 체육관에서 봤어야 하는데."

존이 말하면서 낄낄거린다. 첼시아도, 코트니도 웃지만 나는 그리핀의 얼굴만 본다. 저속 촬영된 사진처럼 그리핀의 얼굴은 서서히 눈도, 입도 닫히고 모든 것이 싸늘하게 굳어진다. 그래서 나는 "너나 똑바로 해."라고 존에게 쏘아붙인다.

얼굴이 붉게 물들고 심장은 북처럼, 전장터의 북처럼 쿵쿵거리는 것이 느껴진다.

"네가 얼마나 천박하고 엿 같고 소름끼치는지 알아……."

"입 닥쳐, 레이첼, 찌질이, 재수 없는 년……."

그때 그리핀이 존을 움켜쥔다는 것이, 밀쳐내는 꼴이 되어 둘 다 뒤로 넘어지면서 책상에 쿵 부딪힌다. 존과 그리핀이 미처 일어나기도 전에 크루첼 선생님이 둘 사이에 끼어들어 명령한다.

"당장 그만 둬! 그리핀, 존……."

그때 복도 감독관이 들어오더니 구경꾼을 밀치며 그리핀과 존을 잡아끈다.

"레이첼이 먼저 시작했어요."라고 첼시아가 선생님에게 고함치자, 크루첼 선생님은 "둘 다예요."라고 복도 감독관에게 말한다. 선생님은 내 쪽은 쳐다보지도 않고 말한다.

"레이첼하고 첼시아 너희들도."

그래서 감독관이 우리를 죄수처럼 학생주임실에 있는 대기실로 호송한다. 대기실에는 플라스틱 의자들과 반쯤 죽은 누런 양치류 화분이 있고, 벽에는 동기 부여 포스터가 여러 장 붙어 있다. 동기 부여 포스터에는 지는 해를 뒤로한 채 떠 있는 돛단배 그림 위에 '믿음=성공'이라는 구호가 쓰여 있고, '똑바로 살아라!'라는 글귀도 보인다.

그건 방금 내가 한 말이건만, 어떻게 된 게 지금 내가 이리로 끌려와 있다. 그리핀은 앉아서 신발만 쳐다보고 내게는 말도 건네지 않는다. 존과 코트니는 투덜투덜 이야기를 나누고, 비서가 보지 않을 때면 존은 나를 툭툭 건드린다. 존은 눈치껏 모욕 주는 법을 터득했나 보다.

먼저 감독관이 들어갔다 나왔을 때, 제임스 선생님은 문가에 서 있다. 선생님은 키가 엄청 크고 완전 대머리에 남부 사람 같이 말끝을 흐리는 버릇이 있지만, 소통하는 데는 별 문제 없다.

"데인 양? 트루먼 군?"

선생님은 언제나 아이들을 양, 군으로 부른다.

"들어오게."

··········

13) 겁쟁이나 비겁한 사람을 일컫는 미국 속어.

왜 쟤네들이 먼저지? 우리가 아니고?

"어이구!"

나는 포스터를 보며 혼자 구시렁거린다. 비서는 통화 중이고, 그리핀은 다른 세상에 있는 것 같으니까. 그리핀은 이제까지 한 번도 날 쳐다보지 않더니만 갑자기 나에게 "클린업이야." 라고 숨죽여 말한다. 그리핀은 아주 살짝 웃는데 이 상황을 즐기고 있다고 해도 될 것 같다.

"클린업이 낫지……. 4번 타자가 항상 마지막에 해결하잖아."

내가 자신의 말을 못 알아듣는다고 생각했는지,

"걱정하지 마, 내가 버게스에 있을 때……."

"난 걱정하는 게 아니야. 화가 나."

"내 얘기 들어 봐!"

그리핀이 몸을 앞으로 기울이며 말한다. 이제 그리핀은 대놓고 실실 쪼개는 얼굴인데, 우리가 학생 대기실이 아닌, 계단이나 다른 데 있는 것 같은 분위기다.

"교실에서 네게 말하려고 했는데, 일이 이렇게 꼬여버렸네. 근데……. 어쨌거나. 나한테 좋은 생각이 있어. 너의 그 녀석에 대해서."

"뭔데?"

"그 녀석을."

난 인내심을 갖고 기다린다.

"녀석을 데리고 있을 곳이 필요하다고 했지? 녀석을 보호소에서 꺼내려면? 그게, 나……."

바로 그때 문이 열리며 "건 군." 제임스 선생님이 부른다.

"호손 양……. 데인 양, 트루먼 군, 자네들은 밖에서 기다리게."

사무실 안에는 포스터가 더 많이 있다. 일련의 등반가들이 에베레스트인지 뭔지 하는 산을 올라가는 그림에 '인내심' 이라고 쓰인 포스터도 붙여 있다. 그래도 의자는 더 편안하고 화분은 더 싱싱하다. 제임스 선생님은 우리가 앉아 있는데도 아무 말도 않는다. 우리가 선생님 말을 기다리고 있는데 아무 말이 없다. 어쩌면 선생님은 아무 말도 하지 않을지 모르겠다. 마침내 입을 열더니 [14] "막대기와 돌멩이야."라고 말한다.

"호손 양, 자네 존 트루먼에게,"

메모를 보며,

"천박하고 엿 같고 버러지라고 말했나?"

"아니요. 존은 천박하고 엿 같고 소름끼친다고 말했어요."

··········

14) 막대기와 돌은 내 뼈를 부러뜨리지만 말은 나를 해치지 못한다(Sticks and stones can break my bones, but words will never hurt me)는 뜻으로어떤 말을 듣더라도 참아야 한다는 뜻.

"존도 레이첼에게 욕했어요."

그리핀이 대꾸하는데, 마치 여기 앉아서 선생님과 농담 따먹기나 하고 있는 투다. 그리핀은 속상해 하지도, 나처럼 화를 내지도 않는다.

그리핀은 여기 있는 게 좋은가? 쟤가 버게스에 있을 때…… 문제아나 뭐 그런 거였나? 길 잃은 어린 양들은 보통 문제아라기보다 장애물이다. 홀머 선생님의 심리학에서는 수동적-공격적 성격장애라고 불리는 그런 애들을 말하는데…….

"건 군, 자네하고는 따로 얘기할 걸세, 무엇 때문에 이런 인간성 평가를 하게 됐지? 호손 양!"

갑자기 이 모든 일이 참 한심하다 싶다. 그리핀은 치킨이고, 레이첼은 암캐래요. 얄팍하고 엿 같은이라고 욕하는 우리가 서로의 우유에 침을 뱉는 유치원생처럼, 뭐하는 짓인지 모르겠다.

그런데 진짜 심각한 문제는 따로 있다. 진짜 문제는 선생들이 우리보다 훨씬 잘 나서 우리는 같은 족속에 끼지 않으며 자기들이 신성불가침한 권리로 이 학교를 지배한다고 생각한다는 것이다. 나는 그들이 학교랑 같이 지옥에나 떨어졌으면 좋겠다. 크루첼 선생님만 빼고. 가여운 선생님은 중재자일 뿐이다. 그래서

"걔네들이 우리한테 욕을 해서 제가 존에게 욕을 했고, 그래서 그리핀이 존을 밀쳐서 둘이 책상 위로 넘어졌어요. 아무도 때리

지 않았고요. 그게 다예요."

"그런가? 건 군?"

그리핀은 어깨를 으쓱하며 엄지손가락을 올린다.

"맞아요. 트루먼이 그 뒤에도 레이첼에게 또 욕한 것만 빼고요."

"상관 안 해요. 진짜 상관없어요, 존 트루먼이 말한 건……."

"호손 양, 지금은 건 군이 말하고 있네. 존이 뭐라고 말했나? 건 군!"

그리핀은 엄지손가락을 내리고 바로 앉는다. 그리핀은 처음으로 제임스 선생님의 얼굴을 똑바로 본다.

"존이 욕했어요. 레이첼한테 찌질이, 재수 없는 년이라고 욕했어요. 걔가 그건 말하지 않았죠?"

제임스 선생님은 메모장에 뭔가를 적는다.

"그다음에 자네가 존 군을 때렸나?"

"걔를 밀쳤어요."

그리핀이 다시 고개를 숙이는데, 존을 때리지 않은 것이 못내 유감이라는 태도다. 하지만 그리핀이 때리지 않아서 다행이다. 그건 재고의 여지도 없이 즉각 정학이다. 교사들은 학교에서의 폭력과 안전에 대해 아주 병적으로 엄하게 다루고 있다. 나도 그래야 한다고 생각하지만.

"알았네!"

제임스 선생님이 말한다. 선생님은 뭔가 조금 더 적고는 문으로 가서 첼시아와 존을 부른다. 그리고 "이 기록을 난 보관하고 있을 거야." 선생님은 차례로 그리핀과 나를 쳐다보며 말한다.

"여기 있는 누구도 버러지나 찌질이가 아닐세. 본인이 작정하고 그렇게 되겠다고 마음먹지 않는 한 말이야. 자네들은 자네들이 되고 싶은 바로 그 사람이야."

아무도 아무 말하지 않는다. 존이 여전히 그리핀에게 시비를 건다. 선생님은 그걸 본 모양이다.

"이 사건은 여기서 끝난 거야."라고 말하고, 양 손으로 책상을 가볍게 탁 치며 주의 사항을 주지시킨다.

"앞으로도 쭉, 복도에서나, 점심시간이나, 학교 밖에서 이런 일이 생겼다는 소식이 귀에 들어오면, 그땐 내가 아주 적절한 조치를 취할 거야."

선생님은 우리 네 명에게 눈에 힘을 주고 보다가, 시선을 피하는 존에게 가장 엄한 눈길을 보낸다.

"자네들은 이제 어른이나 마찬가지야. 어른처럼 굴어야지. 호손 양, 데인 양, 자네들은 가도 좋아. 건 군, 트루먼 군, 자네들은 방과 후 한 시간 동안 학교에 남아 있어."

복도를 걸어갈 때, 첼시아를 보지 않고, 복도의 반대편을 따라 걷는다. 마치 내가 다른 학교에 다니는 양, 다른 행성에 존재하는 양. 그건 사실이기도 하다.

교실로 돌아오니 모두 우리를 빤히 쳐다보는데, 크루첼 선생님만 수업을 계속 한다. 난 집중도 안 됐지만 집중할 맘도 없어서 하릴없이 앉아 종 치기만 기다린다. 마침내 수업종이 울리자 선생님 책상을 지나치는데 "레이첼!" 하고 선생님이 부른다.

"점심시간에 교무실에 오지 않겠니?"

점심시간? 하지만 난 그때 그리핀을 만나야 하고, 그르렁에 관한 그의 굉장한 계획을 들어봐야 하는데……. 하지만 선생님도 중요한 일이 있어 보인다. 아주……. 뭐랄까? 모르겠다. 뭔지는 모르지만 그리 좋은 일은 아닌 것 같지만 "좋아요." 하고 마지못해 대답한다.

"갈게요."

점심시간에 가보니, 선생님은 서류가 가득 쌓인 책상 앞에 앉아 있고 나를 보자 "어서 와!"라고 반긴다.

"제임스 선생님이 다녀가셨어."

오! 그래요. 이번에는 또 뭐지?

선생님이 살짝 웃는다.

"아니, 아니. 나쁜 일 아니야. 사실은 제임스 선생님이 너에 관해서 좋게 얘기하셨어. 네가 논리가 분명한 젊은이라고 말씀하시

더라. 너 원래 그렇잖아."

이건 선생님이 작문 이야기를 하려 한다는 뜻이고, 작문에 관해 뭔가를 답을 해야 한다는 뜻이지만, 뭐라고 말하지? 거짓말 말고?

그리핀을 만나야 한다는 생각에, 한 눈은 시계에 둔 채, 내가 썩 잘하는 부분은 아니지만 긍정적인 말을 하려고 머리를 굴려본다. 곧 끝내겠다든지, 아무 문제없고, 아마도 문제없을 거라는 등등의 말들.

그리핀의 대단한 계획이 실제로 대단해서, 그르렁을 보호소에서 데려오면 녀석은 사람을 신뢰하는 법을 배우게 될 것이다. 그래서 결국 나는 대단히 흥미진진한 행복한 결말을 쓰게 될 것이다. 하지만 선생님은 조용히 "레이첼." 하고 부르더니 뜸을 들인다. 뜸 들이는 건 선생님의 특이한 버릇인데, 듣고 있다는 걸 확인할 때까지 시간을 끈다.

"알겠지만, 이 세상은."

선생님은 교실과 학교와 세상을 모두 쓸어안듯 앞뒤로 한 팔을 저으며 말한다.

"작은 곳이야. 어떤 사람은 더 큰 세상이 필요해. 너처럼 말이야. 그리고 수잔 자던은 많은 사람을 알고 있어. 글쓰기 연구소를 운영하거나 대학에서 소설창작 프로그램을 강의하는 사람들을 알고 있어. 자딘의 수업은 더 큰 세상으로 가는 문이 될 수 있어. 그리고 네 글 소질은 그 문을 여는 열쇠야. 하지만 너는 그 열쇠를 사용하지 않으면 만사가 헛것이야."

나는 아무 말도 하지 않았다. 그건 세상과 수잔 자딘과 글쓰기에 대한 선생님의 말이 맞기 때문이다. 교실 밖 복도에서 아이들 목소리와 웃음소리와 사물함 여닫는 소리가 들린다. 작은 세상의 소리들. 학교는 작은 세상이라서, 셔츠가 작아졌는데도 한동안 입어야만 하는 곳이다.

하지만 선생님이 이야기하는, 수잔 자딘과 대학 따위는 내가 언젠가 닿을지, 못 닿을지 모를, 수평선의 한 곳처럼 불분명하고 머나먼 얘기 같다. 지금 당장은 그리핀을 찾아, 그의 계획을 듣고, 그르렁을 구해야 한다. 하지만 둘 중 어느 것 하나도 희생시키고 싶지는 않다. 하지만 지금 당장 실제로 일어나고 있는 현실과 단지 일어날지도 모를 가능성 사이에서 어떻게 균형을 맞춰야 할지 모르겠다.

그래서 나는 잠시, 조금 오래 가만히 앉아 있다 마침내 입을 연다.

"제 지금 현재의 처지에서, 지금 당장 해결해야 할 문제가 너무 많아요."

내 말이 어설프게 들리겠지만, 어쩔 수 없다.

"하지만 작문을 끝내기 위해 최선을 다할게요."

선생님은 조금 안타깝게 고개를 끄덕인다.

선생님은 나를 믿지 않으시나?

"나중에라도 네가 작문을 봐달라고 하면 기꺼이 봐줄게. 하지만 앞으로는 작문 얘기는 더는 하지 않으마."

별 뜻 없이 선생님을 스쳐 지나 벽시계를 쳐다보니 이미 12시 18분이다.

"점심을 먹는 게 좋겠구나."

선생님은 책상 위의 서류를 다시 집어 들며 말한다.

"내일 보자."

나는 뭔가 다른 이야기를 했어야 했나 싶지만, 도대체 무슨 얘기? 그게 뭔지 몰라 그냥 교무실을 나와 복도를 따라 급하게 미디어센터로 향한다. 그러나 그리핀은 거기 없다. 그래서 계단도 확인하고 그다음엔 구내식당(첼시아와 코트니, 존 일당이 나를 보자마자 고래고래 소리를 지른다. 오우, 개떼처럼 몰려 있다 이거지?) 그러고는 미디어센터로 다시,

그리핀은 어디 있는 거지? 나를 찾고 있나?

한 자리에 계속 있는 편이 서로 사람 찾는 데에는 더 나을 것 같아 다시 계단으로 돌아와 기다린다. 점심시간이 끝날 때까지 시계를 보고 또 보다가 "제기랄." 욕설을 퍼붓고 교실로 짜증스

럽게 걸어가는데…….

……그리핀이 저기 있다. 그리핀이 계단을 향해서 내려오고 있어, 고함쳐 부른다. 그가 홱 고개를 들며 두리번거린다. 나는 "너 어디 있었어?"라고 물으며 와글와글 애들을 가까스로 뚫고 나온다.

"온 데를 다 찾아다녔잖아……."

"너를 찾고 있었지! 여기로."

그리핀이 뭔가를, 전화번호가 적힌 작은 종이쪽지를 내 손에 쥐어주고는 "전화해." 한다.

"난 방과 후에 크루첼 선생님 보충수업을 해야 해서 늦을 거야. 네가 오면 시작하지, 뭐."

"뭘 시작해? 어디서?"

"개 우리."

그리핀이 대답한다.

"우리 집에서!"

8장

행복...한 느낌이 들어서 웃는다

엄마는 어깨 너머로 나를 보며 묘한 웃음을 흘린다.

그리핀의 엄마가 나와 악수하던 식의 기묘한 느낌과 존중이 동시에 느껴진다.

성인이 다른 성인에게, 한 사람이 다른 사람에게 하듯이.

다시 기분이 묘했지만, 좋은 느낌이라, 엄마를 보고 마주 웃었다.

그랬더니 기분이 더 좋아졌다.

그리핀의 말을 듣고 나는 깡충깡충 뛰었다. 물론 마음속으로만.

이런 일이 생기다니! 꿈인지 생시인지 모르겠다. 그르렁을 그리핀 집으로 데려가자니! 그리핀의 엄마는 상관하지 않을 거고, 그르렁에게 이보다 더 좋을 수는 없을 것 같다. 공간도 충분하고, 다른 동물들 때문에 방해도 받지 않으니, 그르렁의 마음도 안정이 되겠지. 우리 둘이 녀석을 돌본다면, 물론 시간은 좀 많이 걸리겠지만, 녀석도 마음을 가라앉히고, 사람에 대한 신뢰를 배울 수 있을 거다.

아, 이 정도면 잘된 거야. 잘되고말고.

집에는 진입로가 있었다. 그리핀의 집은 우리 집과는 완전 딴판인데, 무엇보다 훨씬 크다. 오래되기는 했어도, 당당한 게, 돈이 있는 집처럼 보였다. 빨간 벽돌 건물은 담쟁이덩굴로 덮여 있는데, 그 덩굴 줄기는 올라타도 될 만큼 두툼하다. 울타리가 가리고 있어서 안을 들여다 볼 수는 없지만 뜰이 크다는 건 한눈에 알수 있다. 혼자만의 공간이 필요한 그르렁에게 딱 맞는 곳이다.

그리핀이 문 뒤에서 기다리고 있었던 것처럼 곧바로 문을 열어 준다. 안에 들어가니 한쪽 벽에는 도서관처럼 긴 나무 서가에 책들이 빼곡히 들어차 있다.

"와."

나는 작가를 몇 명 확인하면서 감탄한다. 샐린저, 실비아 플래드, 수잔 자딘!

"굉장하다. 우리 집 책장에는 타임지뿐인데."

그리핀이 웃는다. 그리핀은 여기에선 아무튼 다르다. 더 재빨리 움직이고 더 크게, 더 많이 이야기보따리를 푼다. 나를 부엌으로 안내하는 지금도, "소다수나 뭐 마실래? 아님 아이스 티?"

그 말이 끝나기가 무섭게, 찬장에서 과자 봉지를 꺼내고 팔꿈치로 문을 탁 닫으며, "근신 받던 트루먼을 네가 봤어야 하는데. 걔는 한 시간 동안 혼자서 뭘 할지 모르더라니까. 그놈이 안절부절못하는 꼴을, 걔한테 색칠 공부든 킬링 타임용으로 뭐든 손에 쥐어 줘야 할 것 같았다니까. 하하하!"

"안녕."

뒤에서 누군가 인사한다. 그리핀의 엄마다. 검은색의 짧은 머리에 헐렁한 하얀 스웨터를 입은 그의 엄마는 그리핀처럼 눈이 회색이다. 그러나 그 눈은 조용하고 평온하며 깊은 호수처럼 잔잔하다.

"난 애나 건이야. 네가 레이첼이구나?"

애나와 나는 어색하지만 다정하게, 어른과 어른이 하는 악수를 한다.

"그리핀이 개 이야기를 살짝 했는데. 개가 아름답겠더구나."

"네, 아름다워요."

"그리핀이 웬 여자가 우리 집에 살 거라기에 난 여자친구인줄 알았더니만……."

"엄마, 제발."

"……그게 개 이름이지? 걸?"

나는 웃으며 고개를 끄덕인다.

"그르렁!"

"빨리 와."

그리핀은 복도를 따라 가며 재촉한다.

"인터넷에서 개집 만드는 법을 찾았어."

그리핀이 계단을 오르며 말하는데 목소리가 조금 전과 다르다 싶더니 이내 잦아든다. 그리핀은 여자 친구 이야기에 잠시 당황

했나 보다. 나 역시 약간은 쑥스럽다. 사람들은 우리, 그러니까 남자애랑 여자애가 함께 어울리는 걸 보면 으레 사귀는 사이라 단정하지만, 난 그렇게 생각해 본 적 없는데……

그리핀은 혹시 그런 생각했나? 아닐 거야. 했나?

"여기야. 물건들 조심해."

그리핀이 말한다.

내 방도 엉망이지만, 이 방은 해도 너무 한다. 하지만 그 엉망진창이라는 것이 썩은 음식내가 난다든가, 처박아 둔 양말에서 나는 고린내가 지독하다는 게 아니다. 그리핀의 방은 오히려 새 둥지에 가깝다. 나뭇가지랑 솜털이랑 짚풀 대신에 옷이랑 잡지랑 CD 나부랭이가 널브러져 있는 거지만.

"여기."

난장판 속에서 종이를 몇 장 끄집어내며 그리핀이 말한다.

"한 번 봐……. 앉고 싶으면 침대에 아무데나 앉아. 물건 좀 치우고."

옷가지 아래 15)빈백체어가 있어서 나는 거기 털썩 앉는다. 방 창문은 모두 서쪽으로 나 있고, 널찍하다. 창문을 보통 때는 블라인드로 가려놓는 모양이다. 그리핀이 글을 읽을 수 있도록 블라인드를 올린다.

자료는 한 동물애호가 사이트에서 뽑은 건데, 개집에 관한 내

용이 잘 담겨 있었다.

개집은 나무나 플라스틱으로 만드는 게 좋다. 금속은 냉기가 스며드니 사용하지 않는 게 좋다. 차의 발 깔개를 문 가리는데 사용해도 된다. 바닥에는 짚을 깔아주는 게 좋은데, 젖거나 얼기 쉬운 천으로 된 깔개나 담요는 사용하지 않는 게 낫다.

거기다 널빤지가 얼마나 필요한지, 치수 재는 법 등, 동물 우리를 세우는 메뉴얼도 있다.

"우리 집에 공구가 많지는 않지만, 그래도 그걸로 충분할 것 같거든. 토요일이 괜찮을 것 같은데, 우리 그때 시작할래?"

그리핀이 말한다.

"개집을 토요일에 만들고 그다음에 우리를 시작하고, 아님 우리부터 먼저 만드는 게 좋을까? 그리고 짚, 개밥, 개밥 그릇 같은 것들도 사고, 그리고 개줄하고 개 부리망도 사야지. 개 부리망은 되도록 안 하면 좋겠지만, 이 경우엔……."

당장, 내일 가서 제이크랑, 멜리사한테 말해야겠다. 제이크가 그르렁을 이리로 옮기는 걸 도와주겠지?

"괜찮겠지, 응?"

그리핀이 주저하며 묻는다.

··········

15) 빈백(BeanBag)이라는 알갱이가 들어있는 의자라는 뜻. 앉는 사람의 자세에 따라 형태가 바뀌는 소파다.

"녀석이 거칠긴 하지만, 얌전해지겠지? 그렇지?"

"당연하지."

그르렁은 얌전해져야 하고말고.

"단지 시간이 걸릴 뿐이야."

나는 우리 차고에 어떤 연장이 있을까 생각하며 자료집을 죽 넘긴다. 아빠는 꽤 많은 연장을 갖고 있다.

"너 개 기른 적 있어?"

그리핀이 묻는다.

난 카이저 씨네 푸들, 새시를 떠올린다.

"아니. 실제로는 없어."

"나도 없어."

그리핀은 잠시 말이 없고, 나도 아무 말 않지만. 어색한 침묵은 아니고 음⋯⋯. 좋다. 분위기가 좋다. 그리핀은 눈을 감은 채 말을 하는데 마치 큰 소리로 생각하는 것 같다.

"완전 십이 될 거야."

"완전 뭐?"

그리핀이 눈을 동그랗게 뜬다.

"별거 아니야. 십 점이라고."

내가 놀란 걸 보고 얼버무리듯 더듬더듬 말한다.

"있잖아, 일에서 십까지 점수를 매기는 거. 내가 버릇처럼 쓰던

말인데, 좀 욕 같지……."

"아니 그렇지 않아. 십이 될 거야. 어쩌면 십일."

우리 둘 다 재밌어서 웃는 게 아니라, 우리는 웃어야 할 기분이 들어서, 행복……한 느낌이 들어서 웃는다. 그러고는

"너희 엄마?"

내가 묻는다. 꼭 물어봐야겠기에.

"너희 엄마는 나를 정말 여자 친구라고 생각하신 거야? 그리고 내가 여기서 살 거라고?"

"우리 엄마는 좀 많이 이상해. 엄마 말에 신경 꺼."

"아니야. 너희 엄마 좋은 분 같아."

누구나 자기 가족을 지구상 최악의 사람들이라고 여기지만, 사실 그 사람들은 대부분 지극히 정상이다. 우리 아빠만 빼고. 그리고 가끔 우리 엄마도.

"내 말은 나쁘다거나 뭐 그런 쪽 이야기는 아니고."

그리핀의 얼굴이 빨갛게, 그가 새끼고양이하고 있을 때처럼 밝은 붉은색으로 변한다.

"그게 말이지, 그런 생각을 한다는 게 말이야."

나는 말을 하려다 그리핀의 얼굴이 점점 더 빨개지는 걸 보고 그만 둔다.

"난 남자 친구가 없었어."

그 말을 하려던 건 아니었지만 막상 하고 나니 홀가분하다.

"단짝 친구 역시 하나 없었지. 난 어릴 때."

뜰에 나가 인동덩굴 줄기 옆에 쪼그리고 앉아 있던 그때,

"사람들은 어떻게 친구가 되는지 궁금해 하곤 했어. 어떻게 그런 일이 생기지? 가령 내가 학교나, 동네에서 아이들을 알게 되더라도, 정말이지, 그냥, 걔네들이 좋아하는 건 내가 싫고, 걔네들이 싫어하는 건 내가 좋아했어. 그래서 ……."

"너를 괴짜로 생각했거나, 너는 네가 좋은 걸 좋다고 하니까. 아님 운동을 하지 않아서……. 나도 운동을 싫어해. 테니스 빼고는 전부 다. 테니스는 마초적 기질을 별로 과시할 필요가 없는 운동이거든."

창문으로 햇빛이 쏟아져 들어와 방이 데워지니 덩달아 내 마음도 훈훈해지는 것 같다. 난 예전에 누구와도 이런 식으로 속이야기를 나누어 본 적이 없었을 뿐 아니라, 이런 말을, "난 걔네들이 싫었어. 그런데, 그런데 말이야, 한편으론 걔네들이 되고 싶기도 했어. 그들과 똑같이 되고 싶었어. 그들이 뭐가 됐든 말이야."

같은 이야기들을 예전에는 할 수도 없었지만, 지금은 한다.

"그렇지 않으면 그들은 너를 왕따 시키지. 나도 그랬거든. 내가 다녔던 프라이스, 케네디, 로저데이, 버게스 같은 학교들도 다 똑같았어. 언제나 학생들을 똑같이 취급하고, 언제나 같은 거짓말

만 늘어놓았거든."

그리핀의 얼굴에서 붉은 기색이 사라졌다. 이제 피곤해 보이고 왠지 나이도 더 들어 보이는데, 자신이 확인하고 싶지 않던 뭔가를 자신에게 증명 한 것 같다.

"이 세상엔 트루먼 같은 애가 수두룩해. 알지?"

"알아."

나는 빈백체어에서 몸을 움직여 햇빛이 얼굴에 비추게 앉는다.

"우리 엄마한테 한 번 설명해 봤어. 엄마는 내가 길 건너 여자애랑, 걔는 애들 우유에 침을 뱉곤 하는 싸가지였는데, 어쨌든 놀았으면 하더라. 그래서 엄마한테 말했지. 그 애랑 나는 서로 밀어내고, 서로 반발하는 자석 같다고 말이야."

"보나마나 너희 엄마는 너를 정신병원에 입원시켜야 하나 하고 걱정했지? 그렇지?"

"맞아! 내가 친구와 놀기 싫어한다고 그렇게 걱정하더니, 그 말을 듣고는, 한숨만 더 늘어났지 뭐. 졸지에 내가 무슨 외계인이 된 것 같은 기분이더라고."

지금은 웃지만, 그때는 웃지 않았다. 그때는, 글쎄……. 속이 싸늘하게 얼어붙는 것 같고 당황스러운 게, 우리 엄마까지 나를 이상한 사람 취급하는 걸 보면 난 분명 이상한 아이지 싶었다.

"그래서 그 뒤로는 나를 설명하는 걸 포기하고, 그냥 말없이 내가 하고 싶은 대로 했어."

그리핀이 고개를 끄덕인다.

"전에 아빠랑 살았을 때, 우리 아빠는 노상 야구를 하자고 했어. 내 말은, 고맙지만, 됐다는 거야. 알아? 그래도 작년 크리스마스 선물로 새 테니스 라켓을 사주긴 하더라만."

"아빠 자주 만나니?"

"내가 만나고 싶을 때만."

그리핀은 소다수에 손을 뻗는다.

"이따금씩 아빠랑 한동안 같이 살아. 여름방학 같은 기간에 말이야."

"나도 이번 여름에 떠날지 몰라."라고 말하며 그리핀에게 백일장과 수잔 자딘에 관해서 말한다.

"고급 과정 수업이래, 주정부에서 주관하는."

태양이 움직여 눈이 부시자, 나는 빈백체어를 그리핀 쪽으로 조금 더 가까이 옮긴다.

"근사할 것 같아. 그래서 크루첼 선생님이 작문에 신경을 써주거든. 글 마무리도 그렇고, 원고 보내는 것도 그렇고."

"와, 정말 잘 됐다."라고 말은 하면서도 그리핀은 금방 뭔가 싫은 생각을 한 듯 얼굴을 살짝 찌푸린다. 뭐? 그런데 그리핀이 다시 웃으며 "난 그 글이 어떻게 끝날지 알아. 네 작문 말이야. 그 후 내내 행복하게 잘 살았답니다. 우리 집 뒤뜰에서."

토요일 계획에 대해 더 이야기를 나누고 나니 해가 한층 낮게 드리워지며 황금빛이 천천히 아래로 퍼진다. 나도 집으로 가야 해서 "내가 전화할게. 제이크와 멜리사에게 말한 다음에."라고 말하며 함께 계단을 내려온다.

난 두 사람의 놀라는 얼굴을 상상해 본다.

봤죠, 봐요. 내가 말했잖아요, 녀석을 구할 수 있을 거라고.

"있잖아."

문가에서 그리핀에게 말한다.

"정말 맘에 들어, 네가 계획한 일말이야. 정말 좋아."

"뭐, 여긴 알레르기 같은 거 있는 사람도 없고, 난……. 그냥 돕고 싶었어. 그 녀석을 도와주고 싶었다고."

"녀석이 여기 오면, 녀석은 우리의 개가 될 거야."

녀석을 공유한다고? 그렇게 말하는 게 조금 낯간지러운 일이지만, 그리핀은 그럴 만한 자격이 있다. 그리고 어떻게 표현해야 할지 모르겠지만, 그때 그리핀이 내게 보여 준 표정을 내 마음 가득히 느낀다. 그 느낌은…….

"십일." 이라고 말하는 그리핀의 눈이 반짝이는데 투명한 잿빛이다.

"완전한 십일."

"최소한 십일."

나도 얼굴 가득 웃음을 머금고 대답한다.

"내일 보자."

그리핀은 내가 진입로를 타고 쭉 미끄러져 내려가는 걸 지켜본다. 나는 뒤를 보며 손을 흔들고 그리핀도 손을 흔든다. 집으로 자전거를 타고 오는데 공중에 둥실 떠 있는 느낌이다. 페달을 밟지도 않았는데, 자전거가 태양의 중심 속으로 돌진하는 것처럼. 십일. 나도 완전 십일을 느낀다.

차고로 미끄러지듯 들어서며 보니 아빠의 지프는 없고 엄마의 밴만 보인다. 안에는 엄마가 만든 토마토 바질 수프와 빵 굽는 냄새가 진하게 나고 엄마가 "어서 와." 하며 인사한다. 엄마는 언제나 나처럼 피곤해 보이지만 웃는 얼굴이다.

"저녁 시간 딱 맞춰 왔네."

"내가 식탁 차릴게."

빵은 내가 좋아하는 호박을 넣은 밀빵이다. 엄마는 라디오를 켜고 클래식 방송을 맞춘다. 바이올린과 플루트의 맑은 소리가 흐른다.

"보호소는 어때?"

엄마가 움푹한 푸른색 그릇에 국자로 수프를 뜨며 묻는다. 대개 난 '좋아요.' 라는 정도로만 밝히고 입을 닫고 말지만, 오늘은 평범한 날이 아닌, 특별한 오늘이라서 엄마에게 보호소에 가지 않고 친구 집에 갔었다고 말한다. 그 말에 엄마는 놀란 모양이다. 엄마가 아는 한, 내게는 친구가 없으니까. 근데 엄마는 내게 재촉하거나 질문을 하지 않고 단지 "오 그래?" 하며 수프를 한 스푼 뜬다. 또 그게 나를 놀라게 한다.

이제 바이올린과 첼로 선율로 바뀌고 오븐의 열기는 식어간다. 밖은 땅거미가 짙게 내려앉아 회흑색과 청색의 어스름한 분위기가 난다.

"난 하루 중 이때가 제일 좋아."

엄마가 말한다.

"하늘은 아주 매혹적이고……. 저기, 조금 전에 학교에서 전화 왔어. 제임스 선생님한테."

어! 또 뭔 소리를 하려고? 질의응답? 설교?

"선생님이 무슨 일인지 말씀하셨어."

엄마는 계속 수프를 떠먹으며 말한다.

"그래서 넌 스스로 잘 알아서, 모든 일을 사려 깊게 하는 아이라고 말씀드렸어."

두 번째로 '놀랄 놀' 자다. 게다가 엄마는 입가에 웃음을 살짝 올리고 있다.

"바른 말을 쓰라고 주의를 시키겠다고 했어……."

"알아요, 알아. 엄마도 욕하면 안 되잖······."

"······어쨌든 난 할 말은 했으니까. 우리 그 문제로 더는 왈가왈부하지 말자."

엄마는 빵에 버터를 바른다.

"나도 가끔 직장에서 욕을 해. 솔직히 말하면 그것도 적절한 언어사용은 아니지. 하지만 마리아 엘레나가 팩스기를 독차지할 때면, 매일 네 시 반, 정확히 같은 시간만 되면 말이야······."

엄마는 마리아 엘레나에 관해서, 그녀가 누구인지, 그리고 제리 모 씨와 루시 모 씨에 대해서 조금 더 이야기를 한다. 저녁식사가 끝난 후, 나는 개수대에 접시를 갖다 넣고 엄마는 식탁의 부스러기를 쓸어 담는다.

"거기가 그리핀 네야?"

엄마가 슬그머니 묻는다.

"그러니까 네가 갔던 데가?"

"응."

"제임스 선생님 말로는 그리핀이 네 변호를 했다던데. 괜찮은 애인 것 같더라."

난 그르렁, 우리의 개를 생각한다.

"좋은 친구야."

"잘됐구나."

엄마는 개수대에 물을 채우기 시작한다.

"많은 친구를 갖는 것보다 단 한 명의 좋은 친구가 낫지."

엄마는 어깨 너머로 나를 보며 묘한 웃음을 흘린다. 그리핀의 엄마가 나와 악수하던 식의 기묘한 느낌과 존중이 동시에 느껴진다. 성인이 다른 성인에게, 한 사람이 다른 사람에게 하듯이. 다시 기분이 묘했지만, 좋은 느낌이라, 엄마를 보고 마주 웃었다. 그랬더니 기분이 더 좋아졌다.

내가 이렇게 완벽한 하루를 보내도 되는 거야?

방에서, 나는 감광조명 스위치를 켜고, 라디오를 켠 다음 가방을 뒤진다. 심리학의 《아웃사이더》를 끝내고 수학 시험지를 풀어야 하고, 이런저런……. 하지만 우선 베개를 이리저리 만져 부풀게 한 뒤 공책을 꺼내서 엎드려 다시 글을 쓰기 시작한다. 그 후 행복하게 살았대요라고 글이 맺어질 것이기 때문에, 후후! 있잖아, 녀석에게 이보다 더 행복한 해피엔딩은 없겠지.

처음에 나는 잠만 잤다. 깊은 물속의 암흑의 물처럼 조용히. 나는 깨어나 몸부림치다 다시 쓰러졌다. 두려움은 어둠 속에 도사리고 있고,

사라지지 않았다. 하지만 잠은 두려움보다 더 강력하다.

여기에는 나 같은 개들이 많이 있다. 큰 개들, 작은 개들, 모두 딱딱한 줄로 만든 작은 상자에 갇혀 있다. 고양이 냄새도 난다. 그들, 많은 그들이 들락거리고, 상냥한 소리가 들리지만 난 으르렁거릴 뿐이다. 머릿속에서 벌이 윙윙거리듯이 두려움이 어른거린다. 줄은 물어도 자국도 남지 않고 이만 아파서 더 물고 싶지 않다. 그냥 으르렁거리며, 킁킁거릴 뿐이다.

이제 다리는 그렇게 아프지 않는데, 하얀색의 납작한 털로 싸여 있다. 핥아 보려 했지만 상처에 닿지 않아서 그 이상한 털을 벗겨낼 수 없다. 여기엔 깨끗한 물이 많아 목이 타지 않고, 마시고 싶은 만큼 마음껏 마시는데도 자꾸 물이 생긴다. 먹이도 그렇다. 그들이 갖다 준다. 하지만 난 그들이 지켜보는 동안엔 절대 먹지 않는다. 오직 으르렁, 으르렁거릴 뿐, 그들이 가고 나면, 난 먹이를 단번에 집어삼킨다.

그들 하나가 자꾸 내게로 다가온다, 어린 그들인데 부드럽게 으르렁거리는 것처럼, 상냥한 소리를 낸다. 그르렁, 그르렁. 어린 그들이 가져온 먹이는 다른 것과 다르다. 고기 같지만 고기가 아니다. 나중에 삼켜 보니 더 먹고 싶다.

그런데 어린 그들과 차에 있던 그들이 온다. 그들은 두려움과 같이 온다. 무슨 일이지? 이제 아플 시간인가? 작은 상자가 열리면 달아날 수 있을까? 해 본다 아! 달아나려고 힘껏, 발톱으로 파보는데 파지지 않는다. 물어 버리려 이를 드러낸다.

문다.

……그리고 차에 있던 그들이 "아아." 비명을 지른다. 그들은 나를 더 큰 상자로 끌고 밀고 당긴다. 그 상자도 딱딱한 줄이 있다. 여전히 달릴 수 없다. 내 털에 피가 묻었는데, 냄새를 맡아보니 내 피가 아니다.

이제 그들은 그들에게 서로서로 소리 지른다. 어린 그들은 큰 소리로 울부짖는다. 그들이 갈 때까지 으르렁거린다. 그런 다음 기다려본다. 상자가 열리기를, 도망칠 틈이 생기기를 기다린다.

9장

난 야생이야

그런데 실제는 희망과는 정반대였다.

내가 기뻐하는 동안 녀석은 여기에서 누워 외롭게 죽어가고 있었어.

혼자서 죽어가고 있었어.

솔직히 기분이 끝내주는 상태에서, 하늘로 날아다닐 것 같아 아드레날린이 마구 분비될 때, 이야기에 충실해지자니 힘이 많이 든다. 하지만 이야기에 충실해야 한다. 그리하여 "지금까지 쓴 거예요."라며 선생님에게 새로 쓴 작문 몇 장을 건넨다. 학교에 일찍 가서 미디어센터에서 작문을 프린트했다.

"아직 다 쓴 건 아니지만, 거의 다 돼가요."

"대단하구나."

오늘 선생님은 개 모양의 귀고리를 했는데, 최신 유행은 아니지만 그르렁처럼 개인지라 좋게 말한다.

"선생님 귀고리가 근사해요."

"응, 고마워. 개 품종 전시회에서 얻었어."

아이들이 들어오기 시작하는데 그리핀은 아직 보이지 않는다.

"넌 잘 구별하지 못하겠지만, 귀고리의 개는 에어데일 종이야. 예전에는 참 많이 키웠는데 지금은 딱 에어데일 두 마리만 데리고 있어. 잭하고 질이라고 부르지. 둘이면 되지 뭐."

첼시아와 코트니가 똑같은 하얀색 긴소매 셔츠를 입고 책상 옆을 지나간다. 걔들은 나를 못 본 척하고, 나도 그 애들을 못 본 척한다. 교실에서는 그런 식으로 지내고, 존 트루먼과도 마찬가지다. 걔네들은 다른 곳에서 나를 보면 여전히 쌍욕을 하는데, 이제 그만 걔들이 그런 짓에 싫증낼 거라고 생각한다면 오산이다. 비열한 것들은 작은 일에 쉽게 오랫동안 흥분하는 법이다.

"왜요? 아니, 왜 두 마리만, 더 길러요?"

선생님에게 묻는다.

"기운이 없어서 그래. 힘이 많이 들잖아. 덩치 큰 개들을 키우면, 너도 알잖아……. 베일리, 이리로 올래? 이 작문은 교안 작성 시간에 읽을게."

선생님은 내 작문을 한곳으로 치우며 말한다.

"시간 있으면 방과 후에 들르렴."

진짜 그러고 싶었다. 하지만 오늘은 그날이라서 "오늘은 안 돼요."라고 답한다. 그때 그리핀이 들어오면서 내게 승리의 V 사인을 보낸다.

"잠을 못 잤어."

자리에 앉으며 내가 중얼거린다.

"생각하느라고 밤을 꼴딱 샜어. 그리고 글도 몇 쪽 더 썼고."

"나도 못 잤어. 난 자꾸 개 짖는 소리가 들려서."

수업이 길게 느껴진다. 점심시간도 길고. 하루가 그 어느 때보다 더 긴 것 같다. 그리핀은 뭐 마려운 두 살짜리 아이처럼 안절부절못한다. 첼시아와 그 일당이 급식줄에 서서 욕을 하자 그리핀이 맞받아 욕을 한다. 나는 그 장면에서 웃음을 참지 못하고 웃는다. 도무지 웃음 거품을 꺼뜨릴 수 없다는 듯 숨도 쉬지 않고 낄낄대고는 "두 시간 만 더 있으면 돼."라고 시계를 보며 말한다.

"1시간 58분 남았다. 집에 도착하자마자 전화할래?"

"기꺼이."

"십 일."

"십 이."

드디어 세 시, 우린 밖으로 뛰어나간다. 자전거를 막 타고 가는데 "전화 해." 그리핀이 소리친다. 나는 자전거로 학교에서 곧장 보호소로 출발한다. 이렇게 빠르게 자전거를 탄 적이 있었나? 하늘을 붕 나는 기분이다. 보호소까지 도착하는 데에 20분도 채 안 걸린다. 내가 안으로 들어서자 라산드라가 "이봐." 하고 부르며 내게 묘한 표정을 짓는다.

"너 괜찮아?"

괜찮냐고? 무슨 질문이 저래? 그래도,

"좋아요. 멜리사는 사무실에 있어요?" 하고 묻는다.

"응."

근데 라산드라가 또 다시 이상한 표정을 짓는다. 뭐야, 내 머리가 거꾸로 붙어 있기라도 한 건가? 복도에 멜리사의 목소리가 들리는데, 통화중이다. 그래서 나는 그르렁을 먼저 찾아보기로 마음먹었다. 녀석에게 좋은 소식을 먼저 전하고 싶었다. 녀석이 그걸 이해할 수는 없겠지만 녀석은, 녀석은 이해하게 될…….

……그리고 개 우리 방으로 들어서면서 "그르렁." 하고 부르니, 나를 보고 개들이 짖는다. 난 개 짖는 소리가 좋다.

"이봐, 얘들아, 귀여운 것들……. 그르렁."

담요를 낙낙하게 덮어놓은 뉴피 우리로 다가서는데 안에서 으르렁거리는 소리가 나지 않는다. 녀석이 잠들었나?

"그르렁?"

나는 담요를 들어올린다. 그르렁이 없다.

"그르렁?"

나는 빈 우리에 대고 부른다. 누가 녀석을 옮겼나? 왜 없지?

"그르렁."

다시 더 크게 부르며 우리를 하나씩 확인해 나간다. 이 방에도 없고, 또 임시 대기실에도 없다. 녀석은 어디 있는 거지? "그르렁." 하고 부르며 복도로 나가본다. 한 손 가득 개줄들을 들고 있는 라산드라를 급히 지나치다가, 나를 한 번 더 쳐다보는 라산드라를 보고 퍼뜩 깨달았다.

그르렁이 죽었다.

그때 바로 "레이첼." 하고 뒤에서 날카로운 목소리가 들리는데, 멜리사다.

"레이첼, 내 사무실로 와. 지금, 당장!"

멜리사가 내 팔을 세게 잡자 난 몸을 흔들어 그녀의 손을 뿌리친다. 온몸이 부들부들 떨리고, 터져 나오는 내 목소리는 누군가의 비명처럼 들린다.

"그르렁이 죽었어. 당신이 그르렁을 죽였어."

"내 말 들어 봐."

멜리사는 내 얼굴 정면에 대고 큰 소리로, 바람에다 소리 지르는 사람처럼 말한다.

"놈이 어제 카렌을 물었어. 아주 심하게, 그리고 제이크도 역시, 제이크 일은 내가 알아냈는데……."

"당신이 그르렁을 죽였어."

내가 아악! 비명을 지르자, 사람들이 복도로 몰려나오며 뭐라 말을 한다. 하지만 내게 들리는 것은 개가 울부짖는 소리와 머릿속에 피 흐르는 소리뿐이다. 내 심장은 점점 더 먹먹해지고 "당신이 내 개를 죽였어."라는 소리가 속에서 솟구친다. 내가 아직도 비명을 지르고 있나? 모르겠다.

"내가 그러고 싶었겠니? 내가……. 내 말 좀 들어 봐. 선택의 여지가 없었어! 우리에서 열흘이나 더 있었는데도 놈은 여전히 길들 기미가 보이지 않았어. 너도 알잖아. 게다가 어차피 처리해야 할 놈……."

"녀석이 왜 처리될 거였는데요? 장소를 마련했는데, 녀석을 놔둘 곳을……."

"놈을 어떻게 데리고 있을 건데? 우리에? 영원히? 애당초 네가 그르렁에게 접근하지 못하게 해야 했는데. 그건 녀석에게 잔인한 일이야. 그건……."

"당신이야말로 잔인한 사람이야! 당신은 내 뒤에서 녀석을 죽인 사람이라고. 당신은 내가 여기 없을 때를 기다렸어."

"그렇지 않아! 제이크가 오늘 아침 네게 전화했는데, 넌 이미 학교 갔다고 너희 엄마가 그러시더라……. 난 제이크에게 전화하지 말라고 했어. 네가 이런 난리를 피울 줄 짐작이 되고 남았으니……."

여기에서 빨리 나가고 싶어졌다. 복도가 닫히면서, 내 머리가 조여 오며, 내 피부에 직접 닿지 않아도 느낄 수 있을 정도의 날카로운 까만 바늘 끝이 나를 밀어붙이는 것 같다. 그 끝은 아픔이고, 다리에 바늘을 꽂고 있는 그르렁이고, 혼자서 두려워하며 죽어가는 그르렁이다.

제이크가 오늘 아침 네게 전화 했어.

하지만 나는 거기 없었고 오늘이 그날이라고 생각하면서 학교에 있었지.

그런데 현실은 희망과는 정반대였다. 내가 기뻐하는 동안 녀석은 여기에서 누워 외롭게 죽어가고 있었어.

혼자서 죽어가고 있었어.

여기는 멜리사의 사무실 안이다. 내가 어떻게 그곳에 가 있는지 모르지만, 문은 닫혀 있고 나는 회오리의 한가운데 있는 듯하다. 서류들과 전화와 키보드 등이 떨어지고 내동댕이쳐진다.

"레이첼! 나야, 제이크. 레이첼! 문 좀 열어! 그만해! 그만하라고."

멜리사가 버럭 고함을 치는 순간 컴퓨터가 바닥으로 쾅! 하고 처박히며 컴퓨터의 전원이 나간다. 나는 문을 홱 잡아당기고 복도로 나간다. 복도로 나가자 내가 흘리는 눈물 너머로 그들의 얼굴이 보인다. 제이크와 멜리사의 벌겋게 달아오른 얼굴과 라산드라와 캐티 할머니의 얼굴 들이 만화경이나, 도깨비 집 거울에 비친 모습 같이 보인다. 네이팜탄에 얼굴이 타들어가듯 눈물이, 뜨거운 눈물이 흐른다. 보호소를 뛰어 나와 멀리, 멀리 달린다.

달려야 해.

아무것도 할 수가 없을 때까지 달린다. 달릴 수도, 볼 수도, 숨을 쉴 수도 없게 되자, 나는 [16] '윈도우즈 앤 모어' 대리점 앞의 인도에 멈춘다. 대리점 안의 어떤 남자가 창문 밖으로 빤히 구경하다 나와 눈이 마주치자 황급히 눈길을 돌린다.

내가 미친 사람처럼 보이겠지……. 난 미쳤어. 난 거칠어. 난 길들지 않은 야생이야. 유령이야. 그르렁의 혼이야. 차갑고 차가운 금속 상판의 테이블 위에서 그르렁을 억누르고…….

"이봐, 저기, 괜찮아? 너……."

윈도우즈 앤 모어 대리점 남자가 다시 문가에서 보고 있다가 물어서 "아니, 안 괜찮아요."라고 말한다. 그 남자가 날 위해 뭘 할 수 있을까? 누구든 뭘 하겠어? 그르렁은 죽었어. 영원히 가버렸다고. 그래서 나는 다시 걸으며 손으로 얼굴을 훔친다. 이제 까 맣고 날카로운 바늘 끝이 내 안 깊숙이 박히는데, 그게 개의 뒷다리에 박힌 가시, 반짝거리는 쇠 가시, 차가운 쇠바늘 같다.

멈추지만 않으면 누구나 얼마든지 먼 길을 갈 수 있다. 나는 가게들과 정유소와 길게 늘어선 쇼핑센터와 중고차 전시장, 빨래방과 패스트푸드점을 지난다. 초콜릿 셰이크 살 돈밖에 없는데, 계산대 뒤의 여자가 감자튀김을 공짜라며 준다.

"그냥 가져가."라고 해서 실제 배고프지도 않은데, 그걸 받고는 주차장 근처의 낮은 벽돌 담 위에 앉는다. 담 뒤쪽 옆에 음식물을 버리는 크고 네모난 철제 상자인 대형 쓰레기 수납기가 있다.

나는 다시 운다. 눈물이 바닥이 났을 것 같은데, 아니다. 눈물이 서서히 고여서 눈시울을 달구더니 차가운 피부를 타고 뜨겁게 흐른다. 추워서 온몸에 소름이 돋는다. 해는 오래전에 졌고 주차장의 조명은 창백한 푸른색이다.

벽에서 뛰어 내려 다시 걸으면서 나는 생각을 하지 않으려 애쓴다. 하지만 생각을 하지 않을 수 없다. 겁에 질려 도망치려고 몸부림치는 테이블 위의 그르렁을, 제이크가 나에게 전화하던 일을, 미디어센터에서 바보 같이 작문을 프린트하고 있던 나를 생각하지 않을 수 없다.

아, 그르렁 미안해. 내가 거기 없어서, 미안해. 미안해.

하지만 미안하다는 생각을 안 할 수도 없고, 미안해한다고 그르렁이 되돌아오지도 않는다. 미안해서 걷고 또 걷다보니 이제 다리가 떨어져 나갈 것 같고, 추위로 손이 곱아서 구부러지지도

....

16) 차, 빌딩 등의 창문을 전문적으로 청소하는 기업

않는다. 쉴 데가 없다. 모퉁이의 정유소와 그 맞은편에 문이 닫힌 아이스크림 가게뿐이고, 나머지는 죄다 술집이다. 그런데 여기가 어디지? 내가 어디에 와 있는 거야?

시각은 알 수 없지만 늦었어. 한밤중일 거야. 좀비처럼 계속 이리저리 돌아다닐 수도 없어. 돌아가고 싶지 않지만 돌아가야 해. 여기에 있을 수는 없어. 그러니 그리핀, 그리핀네로 가야겠어…….

그리고 나는 학교 밖 인도에서 기분 좋게, "전화 해!" 하던 그리핀이 생각나 다시 울음을 터트린다. 어둠 속에서 그리핀의 집으로 향한다.

얼마나 걸렸는지? 모르겠다! 시간이 어떻게 흐르는지. 더는 모르겠고 난 그냥 걷는다, 한 발 한 발. 얼마 후, 그리핀의 동네에 거의 다다랐다는 것을 알았을 때, 앞쪽에서 누군가가 주머니에 손을 넣고 유령처럼 움직이는 게 보인다.

……내 인기척에, 그 사람이 멈춘 걸 보니 소리를 들었나 보다. 그가 돌아서는데 그리핀이다. 그리핀이 나를 보고 내가 그를 본다. 그가 멈칫하더니, 움츠린 몸을 펴고 "레이첼!" 몸을 확 돌려 나를 향해 어둠속을 전속력으로 달려온다.

……열 발자국도 안 되는 거리에서, 그리핀은 나를 향해 다가오고 나도 그리핀을 향해 다가간다. 침몰당한 세상, 눈물 속에 침

몰당한 세상에서 살아남은 두 사람처럼!

"그르렁이 가버렸어."

난 울면서 말하는데 목이 콱 막힌 것이 소리가 낯설고 축축하고 납처럼 무겁다.

"그르렁이 죽었어."

"알아."

그리핀의 팔이 부들부들 떨리는 게 느껴진다. 그리핀의 손은 내 손보다 더 차갑다. 그리핀은 겉옷조차 걸치지 않았다.

"네가 전화하지 않아서 뭔가 잘못됐다는 걸 느꼈어. 그래서 보호소에 전화해서 네 친구라고 했더니 그 사람들이 자초지종을 말해줬어."

"거기 사람들이 그르렁을 죽였어. 오늘 아침 우리가 학교에 있는 동안."

"알아."

그리핀은 잠시 아무 말도 하지 않는다. 사이렌이 울리더니 이내 잦아든다. 고양이인지 뭔지 모를 동물이 덤불 속에서 부스럭거린다.

"게다가 나는 네가 어디 있는지, 또 뭘 어떻게 해야 할지 몰라서……. 그래서 우리 엄마가 너희 엄마한테 전화해서……."

"뭐 하러?"

"몰라."

우리는 이제 서로의 어깨에 팔을 두르고 전장에서 부상당한 병사들이 부축하며 걷듯이 걷는다.

"너희 엄마가 너 찾으러 차타고 돌아다녔나 봐. 너 어디 갔던 거니? 어디 있었어?"

"아무 데도."

앞쪽에 불을 환히 밝힌 그리핀의 집이 있고, 진입로에는 엄마의 파란색 밴이 있다. 다시 한 번 "아무 데도."라고 말하며 그리핀과 같이 현관으로 올라간다. 우리 부모님이 거실에서 나를 기다리고 있다.

10장
작은 종소리 같은 유감

시계를 보니, 12시다. 여느 날이랑 똑같은 하루 중 12시,

그렇지만 그 어느 때와도 똑같지 않은 시간이고,

앞으로 다시는 오지 않을 시간이다.

"어떤 비용도 청구하지 않겠어요."

멜리사는 엄마 아빠만 쳐다볼 뿐, 내 쪽으로는 눈길 한번도 주지 않는다. 내가 이 사무실에 얼마나 많이 들락거렸던가? 지금은 다른 어느 곳과 똑같이 아무 의미 없는 곳으로 느껴진다.

"하지만 부셔버린 컴퓨터를 다시 살 여유는 없어서요."

"이해하고도 남음이 있습니다."

아빠가 대답한다. 아빠는 상냥하고 또 염려스러운 듯 말을 하려고 하지만, 화가 머리통까지 치밀어 폭발 일보 직전이라는 느낌을 숨기지는 못한다. 평온하고 깔끔한 자기 일터가 아니라 동물들의 울음소리와 파손된 물건이 그득한 보호소에 자신이 있다는 사실에 화가 나고, 그 탓을 나와 멜리사에게 뒤집어씌우고 원망하는 말투다.

"제가 비용을 대지요."

"보통은 잠시 자원봉사를 쉬는 것으로 마무리 짓지만."

멜리사는 여전히 나를 보지 않고 말을 한다.

"상황도 그렇고, 모두를 위해서도 저 아이가 자원봉사는 그만
두는 게 낫다고 봅니다."

"나를 저 아이라고 부를 건 없잖아요."

나는 멜리사를 보며 항의한다. 멜리사가 눈을 크게 치켜뜨고
이마를 찌푸리는 데 그 얼굴이 타인처럼 보인다.

"그리고 일해 달라고 사정해도 여기서 다시 일할 생각 없어요.
난……."

"조용히 해."라고 명령하는 아빠의 얼굴이 꽉 쥔 주먹처럼 딱딱
하게 굳어져 있다.

"아무도 네 얘기에 관심 없어. 브룩데일 보호소 앞으로 수표를
발행할까요?"

누군가 똑똑 문을 두드리더니 머리를 들이민다. 제이크다.

"잠깐만 볼까?"라고 묻는데 그게 나한테 한 말이라는 걸 깨닫
는 데에는 잠시 시간이 걸린다.

사무실 밖 복도에서 제이크가 내 어깨에 손을 얹는데, 잠시였
지만 아주 따스한 느낌이다. 제이크의 다른 손은 여전히 붕대에
싸여 있다.

"어이! 잘 지내나? 친구?"

제이크와 말하기 싫다. 제이크와 이야기를 나누면 울음이 터질 것 같고, 나는 여기서만은 울음보를 터뜨리고 싶지 않다. 그냥 머리를 흔들며 바닥의 닳아빠진 곳과 먼지 뭉치와 개의 진흙 발자국만 쳐다본다.

"너무 자책하지 마."

제이크가 나지막이 말한다.

"넌 녀석을 위해 최선을 다했어."

과연 그럴까? 내가 최선을 다했는데, 왜 그르렁이 죽었지?

문이 열리며 모두 밖으로 나왔고, 나도 차로 가서 뒷좌석에 웅크리고 앉는다. 수표가 어쩌고저쩌고하는 아빠의 말을 한 귀로 흘리면서, 아빠가 신경 쓰는 건 돈뿐이구나 하고 어림잡는데 갑자기 "그만해요." 하며 엄마가 말을 자른다.

엄마의 얼굴은 긴장되어 있고, 반점이 돋아 있다. 손에 흡입기를 꼭 쥐고 있다.

"돈 얘기 좀 그만해요. 레이첼 속상해 하는 거 안 보여요?"

"쟤는 당연히 속상해야지. 자기가 벌린 일이니 자기가 대가를 치르는 게 당연……."

"그만! 그만하라니까요!"

그러고 나서 엄마는 기침을 콜록콜록 하기 시작한다. 색색거리며 계속 콜록거린다. 알레르기성 기침이 계속되니까, 집에 도착할 때까지 아빠도, 그 누구도 말을 하지 않는다. 아빠는 안으로 들어갔고, 엄마는 나를 붙잡더니 "레이첼." 하고 부르는데 햇빛에 눈이 부시다. 엄마 목소리가 몹시 이상했지만, 이제 기침이 멈추었다.

"네가 잘못하긴 했지만, 개 일은 정말 유감이구나. 딸아."

유감, 작은 종소리 같다. 유-감.

"엄만, 왜 나한테 말하지 않았어?"라고 묻는다.

"제이크가 전화했을 때, 왜 학교로 나한테 전화하거나, 그러지 않았어?"

눈이 부신 햇빛 속에서 엄마를 보고 있으니, 마치 망원경을 거꾸로 들고 들여다보는 것처럼 엄마가 멀찌감치 떨어져 보이는데, 조그만 얼굴이 곤혹스러움에 붉게 물든다.

"난 몰랐어."

마침내 엄마가 대답한다.

"난 그냥, 네가 나중에 일하러 갈 거라고, 네 달력에 표시돼 있다고만 했어."

"엄마가 나한테 학교로 전화했어야지."

차가운 금속 테이블 위에 누워 있는 그르렁을, 내 옆구리에 박힌 듯한 반짝거리는 검은 쇠 가시를 생각하니 목소리가 더 커진다.

"중요한 일이었어. 그건……."

"하지만 레이첼, 그게 중요한 일인지 난 몰랐어. 넌 나한테 개 이야기는 한번도 하지 않았어……."

그때 아빠가 차 열쇠를 손에 들고 다시 현관으로 나와, "학교까지 타고 갈래?" 하고 웬일인지 자상한 목소리로 묻는다. 학교? 시계를 보니, 12시다. 여느 날이랑 똑같은 하루 중 12시, 그렇지만 그 어느 때와도 똑같지 않은 시간이고, 앞으로 다시는 오지 않을 시간이다.

"가는 길이니 내려줄 수 있는데."

학교, 집, 뭐가 달라? 나는 여전히 망원경의 반대쪽에 있다. 마치 인생은 여기에 있고, 나는 저기에 있는 것 같다. 학교에 갔다. 느릿느릿 걸어서 크루첼 선생님에게 가니, 선생님은 앉아서 커피와 치즈 샌드위치로 점심 식사 중이다.

나는 가방에 손을 넣어 《나의 자살 사건에 관하여》를 꺼내서 내민다.

"선생님, 책 여기 있어요."

선생님이 고개를 들어 나를 본다. 선생님은 뭐라 말하기까지 시간이 좀 오래 걸린다. 이윽고 조용히 입을 연다.

"그 책 읽었니?"

"아니요."

"작문은 어떻게 됐어?"

선생님이 묻긴 하지만 이미 답을 알고 있다는 투다.

"안 쓰고 있어요."

"왜?"

내 개가 죽어서요. 내 개가 죽었다니까요.

하지만 "그냥 안 써요."라고 대답하며 선생님을 지나쳐 벽의 포스터를 쳐다본다.

"다른 사람 시키세요."

"레이첼."

선생님이 한 번 더 채근하듯 "레이첼." 하고 불러서 나는 선생님을 보고 또 선생님의 눈으로 시선을 옮긴다.

"네 재능을 썩히지 마. 그 대회는 네게 도움이 될 거야. 언젠가, 네가 실제로 그게 필요할 때……."

"전 그 빌어먹을 백일장 따위에는 관심도 없어요."

현실 세계가 더 가까워지면서 여기와 저기가 맞닿기 시작하고 충돌음이 여기저기서 나기 시작한다. 내 목청이 더 커진다.

"수잔 자딘도, 빌어먹을 작문도 나는 사절이에요. 네?"

난 더는 그르렁에 대해서 쓸 수 없으니까, 쓸 수 없다고…….

더구나 그르렁에 대해서는 선생님이든 다른 누구에게든 이야기조차 할 수 없다. 그래서 나는 서둘러 복도로 빠져나간다. 그리고 와글와글 애들 물결에 휩쓸리다 보니 어느덧 사물함 앞에 와 있다.

"야." 하고 안도하는 목소리가 들린다. 그리핀이다. 나를 부르며 손에 뭔가를, 겉에 레이첼이라고 적힌 메모지를 들고 서 있었다.

"사물함 안에 이걸 붙여놓으려고 했지……. 오늘 아침에 어디 있었니?"

"보호소에."

현실이 이제 내 얼굴에 숨을 쉬고 있고, 현실이 슈퍼 치킨 티셔츠를 입고 있다. 거기다가 현실이 내가 숨을 쉴 때마다 검은 가시로 더 깊이 파고들어서, "지금은 얘기할 수 없어. 가봐야 돼."라고 말한다.

어디로 가? 여자 화장실로? 밖의 계단으로? 집에 가서 내 방으로? 그런데 "우리 집에 올래? 방과 후에?" 그리핀이 복도 아래로 나를 따라오면서 묻는다.

"다시 계획을 점검해 보자. 그리고……."

"계획을 점검해 보자고?"

난 그리핀이 나를 때리기라도 한 듯 갑자기 걸음을 멈춘다.

"뭣 때문에? 그르렁은 없어. 그르렁은……."

"나도 알아."

그리핀이 내 팔에 손을 대며 말한다.

"아무리 그래도 개 우리는 만들 순 있잖아? 우린 아직⋯⋯."

"너 미쳤니? 무엇 때문에 우리를 만들어?"

이젠 가시가 내 목에 솟아 있고, 내 목소리에서 그걸 들을 수 있다.

"그리핀, 내 개는 죽었어."

아이들이 우리 옆을 지나가는데, 창백한 얼굴에 한층 더 창백한 머리를 한 그리핀 옆에서 단지 그림자처럼, 출렁거리는 물결처럼 보일 뿐이다.

"난 네가⋯⋯."

말을 하다 멈춘 그리핀의 눈에서 아픔이 보인다.

"녀석을 우리의 개라고 한 줄 알았는데."

난 아무 말 않고, 또 할 수도 없어서 그냥 걷기 시작한다.

"기다려."

그리핀이 자신의 아픔을 무릅쓰고 한 손으로 내 팔을 잡는다.

"녀석이 갔어도, 특히나 녀석이 갔으니까, 다른 동물들을 계속 도와야 하는 거 아냐? 다른 개나 또, 또 새끼고양이들을⋯⋯. 난 네가 돕고 싶어 한다고 생각했는데, 그게 애당초 네가 보호소에서 일한 이유잖아. 불가사리 이야기처럼⋯⋯."

"불가사리 대부분이 죽었다고 했잖아."라고 말하는데 가시가 깊숙이 파고들며 내 가슴에 무덤 같은 구멍을 판다. 나는 소리친다. 그리핀의 얼굴에 대고 바락바락 소리친다.

"온 바닷가에 말라비틀어진 죽은 불가사리가 그득해. 기억 나? 온 해변에……."

……그리핀은 낯선 사람을 보듯, 자신이 모르는, 알고 싶지 않은 어떤 사람, 나쁜 어떤 사람을 보듯 나를 빤히 보다가 "그래서 그게 말짱 거짓말이다. 그거야?" 전에는 들어보지 못한 목소리다. 사막이나 황무지처럼 바싹 메마른 목소리로 묻는다.

"기껏 돌보다가 진짜 아파지면 그땐 그만둔다? 그거야?"

벨이 울린다. 길고 단조로운 톤으로 울린다. 그리핀은 고개를 돌리며 어깨를 푹 수그리는데 길 잃은 어린 양보다 더 불쌍해 보인다. 마치 사막으로 터벅터벅 들어가는 유령소년 같다.

……나도 텅 빈 복도를, 하수구 구멍 십여 개를 통해 물이 다 빠져 나가 듯 아이들이 교실로 흘러 가버린 빈 복도를 걸어간다.

"이봐."

복도 감독관이 급히 지나치는 나를 부른다.

"이봐! 기다려……."

하지만 나는 문손잡이를 황급히 연다. 마치 건물에 불이 난 것처럼 문 밖으로 화들짝 뛰어나와 길을 따라 뛴다. 난 더 뛰지 못

할 때까지 뛰다가 멈추고 다시 걷는다.

제이크는 나를 어떻게 생각할까?

마냥 걷는다. 그저 발 가는 대로 걷기만 한다. 그냥 움직여야 해. 한 발자국, 두 발자국, 무한대로 계속.

조심해, 레이첼. 녀석은 길들지 않아.

녀석을 어떻게 데리고 있을래? 우리에? 영원히?

제이크가 네게 전화했어.

난 그게 중요한 일이지 몰랐어, 넌 내게 한번도 말하지 않았어.

기껏 돌보다가 진짜 아파지면 그땐 그만둔다? 그거야?

……그들이 맞아. 그들 모두 옳아. 내 잘못이야. 나는 녀석이 누군가를 물기 전에 왜 거기서 더 빨리 빼내오지 못했지? 누군가 전화할 수도 있는데 왜 엄마에게 말해 두지 않았지? 그리핀을 끌어들여 놓고 왜 그의 의견을 묵살하지?

힘겹게 한 발 한 발 징검다리를 건너는 나는 지금 어디로 가는 거지? (알잖아)

……도망 말곤 아무 데도 갈 데가 없어. 왼쪽으로 돌고, 왼쪽으로 돌고, 오른쪽…….

오른쪽으로 쭉 가서 보호소로, 브룩데일 보호소로 가니, 개 짖는 소리가 들리고 제이크의 트럭과 못 보던 자동차 두 대가 서 있다. 보라색 듀락(두건)을 두르고 [17]씨헉스 티셔츠를 입은 남자와 여자애가, 앗싸, 좋아서 날뛰는 잡종개를 사이에 두고 걸어 나온다. 잡종개는 깡충깡충 뛰며 침을 질질 흘리고 개 줄에 목이 졸리기도 한다. 둘은 서로 마주보고 웃으며 개와 나를 보고도 웃는데, 마치 복권에 당첨된 것 같다.

"그래, 펀킨!"

여자애는 말하며 차 쪽으로 잡종 개를 조심스럽게 끌어당긴다.

"자아, 귀염둥이, 집에 가자."

……사람들이 왕래하는 그 자리에서 나는 어린애처럼 별안간 울음을 터뜨린다. 그럴 수밖에 없는 나 자신을 증오해 보지만, 울음을 멈출 수 없다.

"어머, 저기."

여자애는 개 줄을 남자에게 건네주고 말을 붙인다.

"저기, 무슨 일이야? 괜찮아요?"

아니, 괜찮지 않아. 아, 정말 괜찮지 않아.

여자애는 가방을 뒤져 티슈를 찾아 건네고 내 어깨를 꼭 껴안는다. 그리고 보호소에서 어떤 슬픈 추억이 있다고 여기는지 여자애는 "여기가 슬프기만 한 곳은 절대 아니야."라고 말한다.

"우리 아빠도 여기서 개를 얻었는데 우리도 펀킨을 얻어

17) 미국 미식축구팀의 하나

가⋯⋯. 여기 사람들은 참 좋은 사람들이야. 고마운 곳이기도 하고. 정말이야."

"알아."

나는 말한다. 아니 말하려 애쓴다. 하지만 내가 그렇게 여길까? 고마운 곳이라고? 이제 와서 그걸 어떻게 믿겠어? 저 건물 안에는 금속 상판의 테이블이 있는 방이, 그르렁이 나도 없이 혼자서 죽은 방이 있어. 그런 데가 어떻게 고마운 곳이 될 수 있어?

나는 눈물을 닦고 얼굴을 훔치면서, 코를 비벼 대서 차창에 번들거리는 큰 자국을 남긴 잡종 개를 쳐다본다. 여자애가 웃자 나도 웃는데, 내 모습을 봤더라면 누구라도 배꼽을 잡았을 것이다.

"개를 키워 봐."

여자애는 내 팔을 두드리며 말한다.

"진짜로⋯⋯. 괜찮지?"

"응 괜찮아."

얼굴을 닦으며 대답한다.

"진짜로."

여자애가 차에 올라타자 잡종개는 그 무릎에 올라앉는다. 그 애가 차 안에서 나를 향해 뭐라 말을 하지만 나한테는 들리지 않고 차는 떠난다.

"이봐."

가까이에서 들리는 다른 목소리에 나는 움찔한다. 카렌, 자원봉사자다. 카렌은 한 팔엔 지갑을 들고 다른 팔엔 붕대를 감았다.

"돌아왔구나."

돌아와서 기쁘다는 듯 인사한다. 카렌은 한 뭉텅이의 티슈나 얼룩진 내 얼굴을 보지 못한 것처럼 행동하며 묻는다.

"잘 지내?"

"괜찮아요."

내가 아는 말이라곤 그것뿐인 듯 다시 반복한다. 카렌은 나를 보지만 나는 시선을 돌린다. 그러다 "콜리 일은 정말 안됐어."라고 카렌이 말한 후에야 그녀가 붕대를 두른 이유가 기억났다. 그르렁이 카렌을 물었다. 가제와 테이프. 개에 물린 상처에 감은 큰 붕대.

"재수 없는 일이지만 이미 일어난 일인걸 뭐. 그렇지?"

이.미. 일.어.난. 일.이.다. 카렌의 팔에 두른 붕대도, 잠재우는 주사바늘도, 문을 지나서 복도를 따라 냄새나고 개 짖는 소리 나는 곳으로 가는 것처럼 이미 일어난 일이다. 이 모든 일이 전과 같은 일이면서, 같지 않다. 절대 같은 일은 일어나지 않는다.

이 방이다. 테이블엔 수많은 발톱과 발들이, 그르렁이 발을 버둥거리고, 도망치려 몸부림치느라, 문지르고 할퀸 자국이 나 있다. 나는 다시 울지만, 거의 느끼지 못하고 오직 나를 둘러싼 진공 상태만을 느낄 뿐이다. 텅 비어 있는 방, 고통과 공포와 슬픔조차도 없는 텅 빈 방, 이 방에서 그르렁의 이야기가 끝났다. 내가 쓴 이야기가 아니라 이야기 그 자체가. 실제 이야기가.

재수 없는 일이지만 이미 일어난 일인걸 뭐.

내가 아니라 그르렁에게 일어난 일이지만 마치 내가 희생자인 것 같다. 비록 내가 쓴 이야기는 아니지만. 갑자기 나는 깨달았다. 아니 어쩌면 나는 전부터 알고 있었던 것 같다. 내 마음이 마침내 여기 빈 공간에 집중하기 시작했다. 그르렁이 아니라 사실은 나를 위해 글을 쓴 것 같다. 단지 백일장에 출전하는 것 때문이 아니라, 그것도 다소의 이유가 될 것 같기도 하지만, 그 이유는 약간에 불과했다. 내 자신에게 내 이야기를, 가련한 개를 돕겠다고 뛰어든 위대한 구세주인 양 행세했던 내 이야기를 하느라, 나는 진짜 개, 진짜 그르렁, 아름답지만 분노에 가득 찬, 상처 입은 동물은 보지도, 보고 싶지도 않았던 거다. 녀석은 상처가 너무 깊어서 내가 돕겠다고 행했던 일이 사실 아무 소용도 없었던 거다. 와가롱도, 뒤뜰에 마련한 우리도, 그 어떤 것도 효과 없이, 오직 주사바늘의 가혹한 친절만이, 녀석을 그토록 잔인하게 대우했던 세상, 녀석을 못 쓰게 만든 세상, 굶주림과 두려움밖에 없는 이 세상 밖으로 안전하게 내보내는데 도움이 되었던 것이다.

그러니 실제의 그르렁에, 실제 이야기에 진실해야 한다. 난 이

방을, 그 순간을 보여주어야 한다. 그곳은 내가 있어야 했지만, 있지 못했던 방이고, 지금은 그르렁의 죽음에 관한 글을 쓰기 위해 갈 곳이다. 그르렁을 위해, 거기 있었던 사람들을 위해, 수고하는 모든 사람과 동물을 위해, 그게 어땠는지 다른 사람들에게 글로 보여줘야 한다.

내가 그르렁의 죽음에 대해 쓴다면, 그래서 그 아픔이 알려진다면, 어쩌면, 정말 작은 '어쩌면'이지만, 현실은 더 아주 작겠지만, 그런 일이 줄어들지 모른다. 어쩌면 그르렁은 자신의 죽음을 넘어설 수 있고, 불쌍하게 죽은 다른 들개 이상이 될지도 모른다. 흔히 말하는 이름 없는 영웅이 될 것이다. 그렇지만 이름이 없다고 해서 역할이 없는 것은 아니다. 분명 그 역할은 아무나 할 수 있지만, 아무나 하지 않는 영웅의 역할이었다. 세상에 길들지 않아 죽었다고 해도 그르렁은 당당하게 죽음을 맞이했다. 나도 길들지 않겠다. 내 역할이 이름 있는 영웅이 아니더라도, 내 삶이 무섭더라도, 삶에, 세상에 길들지는 않겠다.

티슈는 흠뻑 젖은 뭉치가 되었고, 난 코를 풀어야 한다. 그래서 방을 나와 복도를 따라 화장실로 간다. 멜리사를 보기 전에 혹은 멜리사가 나를 보기 전에 떠나고 싶었는데, "친구!" 제이크가 얼굴 가득 슬픈 미소를 지으며 한 팔로 나를 껴안는다.

"기다려 봐. 줄 게 있어."

제이크는 멜리사의 사무실에 몸을 들이밀더니 플라스틱 용기를 가지고 돌아왔는데, 난 그게 뭔지 바로 알아챈다.

"녀석 재야."

제이크가 말한다.

"네가 이걸 간직하고 싶어 할 것 같아서."

"맞아요!"

용기는 생각보다 무겁다. 재. 아름다운 나의 그르렁.

"고마워요. 제이크."

"여기 사람들도 널 그리워할 거야. 알잖아."

제이크가 조금 전과 같이 슬픈 미소를 지으며 말한다.

"함께 기운 차리자…… 보고 싶을 거야."

"저도요."

난 이제 울 수 없다. 전부 다 울어버려서, 하지만 울 수 있다면 좋겠다. 제이크가 그리울 테니까. 내가 여기 이 방에서 개들하고 있던 걸, 일하던 걸, 도와주던 걸 그리워 할 테니까. 난 어디로 가야 할까? 하지만 "안녕히 계세요."라고 말하며 문을 향해 몸을 돌린다. 마지막으로.

바깥에 나오니 나무에 싹이 싱그럽게 움트기 시작하고, 따듯한 태양이 반짝이는 오후다. 나는 그르렁의 재를 가방에 넣는다. 가방 속에 있는 녀석의 재를 마치 마음의 통증처럼, 특별한 짐처럼 집으로 오는 내내, 내 방으로 오는 내내 느끼다가 화장대의 위에 조심스럽게 올려놓는다. 그다음에 가방을 침대 위로 끌어서 베개로 둥지를 만들고 공책을 다시 편다.

두려워.

이곳은 온통 두려워. 하늘의 폭풍 구름처럼 두려움으로 가득하다. 수백만 마리의 벌이 윙윙 쫓아다니며 온몸을 물 것 같다. 여기엔 나 혼자고, 오직 그들만이 있다. 하나, 둘, 많다. 그들이 나를 눕히고 잡고 있다. 발톱으로 파지지 않는 이상한 높은 바닥에 그들이 나를 잡고 있다. 이 높은 곳에서 나는 몸을 비틀고 으르렁거리고, 몸부림치고 아! 할 수 있는 한 세게! 하지만 그들은 더 힘이 세고 더 강하다.

이제 그들이 나를 아프게 할 거야. 난 알아.

그들은 왜 나를 가둘까? 나 같은 개와 고양이와 모든 동물들을 상자에 잡아 가두고 두렵게 할까? 난 그들이 없는, 흙, 잡초, 나뭇가지가 있는 진짜 땅에 살고 싶다. 귀를 쫑긋 세우고 바람소리를 들으며 달릴 수 있게……

……앗, 따가워! 내 다리에 작고 날카로운 것이 느껴진다. 이빨 같은

것이 파고드는데 이상하고 서늘한 느낌이다.

"아이구 착하지. 아이구 착하지."

그들이 내 주위에 둘러서서 말을 한다. 착하다는 말은 길든다는 뜻인가?

물린 통증은 금방 사라진다. 이제 온몸이 서늘해진다. 머리를 들어 둘러보고 싶지만 머리는 무겁고 다리에는 힘이 없다. 다리가 물렁해진 느낌이다. 땅 위에서도 달릴 수 없을 것 같다. 물린 것 때문인가?

"착하지."

내게 무슨 일이 일어난 걸까?

두려워. 두려워.

두려워.

눈이 감기고 떠지고 다시 감긴다. 차가운 물 같은 냉기 속에서, 잠처럼 깊고 차가운 어둠이 내게 몰려든다.

아!

11장

세상 밖으로

아니, 생각해 보면 그 어떤 것 때문에, 그렇게 격렬하게,

그렇게 오래 울어본 적이 없다.

오늘까지도 눈이 쓰리고 뻑뻑하고 두통이 사라지지 않는다.

"그리핀?"

그리핀은 전에 앉던 창가에 앉아 있다. 내 옆자리가 아니다. 그리핀이 고개를 한쪽으로 돌리며 그의 눈길이 나를 스치는데 마치 내가 거기 있지 않다는 듯 스친다. 길 잃은 어린 양의 눈빛이 확실하다. 그래도 나는 "야!" 하고 부른다. 내 목소리는 [18]반향실의 소리처럼 울리는 것이 내가 듣기에도 이상하다. 나도 여기서 이러는 게 싫지만 선택의 여지가 없다. 어젯밤 두 번이나 전화를 넣었는데도 그리핀은 내게 전화하지 않았다.

"나 그거 끝냈어. 개 이야기…… 읽을래?"

그리핀은 대답이 없고, 그의 얼굴은 여전히 돌처럼 무표정한

....
18) 흡음성(吸音性)이 적은 재료로 벽을 만들어 소리가 잘 되울리도록 한 방

데, 조각상 같은 얼굴 위로 옅은 색 머리카락이 흘러내린다. 그래서 "자!" 하며 책상 위에 원고를 던져둔다. 교실에 다른 애들은 없기를, 둘이서만 이야기할 수 있기를, 그리핀이 나를 봐주기만을 간절히 바랐었다. 하지만 내 자리로 돌아설 때 보니 우리 둘을 보고 있던 크루첼 선생님의 시선에 뭐라 말하기 어려운 슬픈 빛이 어려 있다. 선생님은 가타부타 말없이 그냥 수업으로 들어가서, 맥베드의 대사 읽기를 시작한다. 그리핀은 혼이 빠진 사람 마냥 멀거니 창문 밖을 응시한다.

그 후 나는 카페키 선생님의 완전 설교모드인 생물II 수업을 간신히 끝냈다. 설교라면 어제도 집에서 이미 충분히 들었는데, 그건 대부분 허구한 날 듣는 소리였다. 이를테면 아무도 화 안 났어. 우린 단지 걱정스러워서 그래. 그런 일 때문에 학교를 빠지지 마.

제임스 선생님이나 어느 선생님도 야단치지 않은 걸로 봐서 엄마가 전화를 해서 정말 제대로 변명한 게 틀림없다. 근데 그 변명이라는 게, 엄마가 뭐라 했을지 상상하고도 남는다.

"아주 심란한 일이지요. 아마 트라우마가 남을 경험이 될 거예요." 라든지 뭐 그렇게 줄줄이 읊었을 것이다. 그건 사실이다. 아니, 생각해 보면 그 어떤 것 때문에, 그렇게 격렬하게, 그렇게 오래 울어본 적이 없다. 오늘까지도 눈이 쓰리고 뻑뻑하고 두통이 사라지지 않는다.

점심시간에, 우선 식당을 가보고 그다음에는 미디어센터, 그런 다음 마지막으로 혼자서 계단으로 간다. 태양은 주차장에 그림자를 드리우고, 카푸치노는 시원하고 달콤하지만, 내 머릿속은 온통 그리핀 생각뿐이다. 그리핀이 내 글을 읽었을까? 읽을까? 내게 다시 말을 걸어올까?

점심시간 내내 기다렸지만 그리핀은 오지 않았다.

참 힘든 하루였고, 집으로 지루하게 걸어와서 도착하자마자 전화 메시지를 확인해 보지만 아무 것도, 아니 내게 온 메시지는 없다. 숙제는 한 톤 분량은 되지만─선생님들은 학생들이 다른 수업도 듣는다는 걸 알기나 하나?─숙제도 꼼지락거리고 싶지 않고, 뭘 해야 할지 모르겠다. 그르렁도, 그리핀도, 보호소도, 작문도, 모든 것이 완전히 끝장나 버렸다.

마침내 엄마가 들어오고, 앞문이 쾅하고 닫히는 소리, 그다음엔 부엌에서 음식 만드는 소리가 나고, 수돗물이 흐르고 전자레인지의 '삐' 하는 신호음이 들린다.

"저기."

부엌에 발을 들여 놓으며 엄마를 지나서 당근 깎는 칼을 잡고 "내가 할게."라고 말한다.

"어머, 고마워."

엄마는 말하며 눈썹을 치켜 올리긴 하지만, 수선 떨지 않고 옆으로 비켜서서 내게 일거리를 건넨다. 머리는 빙빙 도는데도, 당근을 긁고, 얇은 오렌지색 껍질을 벗겨내며 손이 움직이는 단순한 일을 하니 어느 정도 마음이 가라앉는다.

저녁을 먹고 난 후 숙제가 마음에 걸려서, 억지로라도 해볼까 했으나, 집중이 되지 않는다. 건성으로 했더니, 멍청하게 똑같은 실수를 자꾸 반복해서 심리학 숙제를 두 번씩 한다. 거실의 텔레비전에서는 윙윙거리는 소리가 나고 전화벨이 울린다⋯⋯. 그리고 내 방문을 똑똑!

"레이첼?"

가슴이 덜컥 내려앉는다.

"전화 왔어."

엄마가 말한다. 그리핀이다. 그럴 줄 알았다. 원고를 읽었나? 그⋯⋯.

⋯⋯하지만.

"레이첼?"

여자 목소리, 누구지?

"루스 크루첼이야."

크루첼 선생님? 절벽 아래로 떨어지듯 실망스럽다. 한편으로는 학교 밖에서 선생님과 말하는 것이, 보통 사람과 전화하듯이 한 사람으로서 선생님과 담소를 나누는 게 꽤나 낯설다. 난 선생님의 이름이 루스라는 것도 몰랐다.

"시간 있니? 네 작문 때문에 전화하는 건데."

앞으로는 작문 얘기 묻지 않을게 해놓고 지금 묻는 건 뭐야? 왜지?

그리고 "굉장해."라고 선생님이 말하는데, 기대하지 않았던 선물을 받은 사람처럼 정말 기쁜 목소리다.

"풍자가 신랄하고 현실감이 있어. 정말 굉장해. 네가 글을 끝내서 정말 다행이다."

"뭐요?"

난 바보처럼 반문하고, 어떻게 선생님이…….

"몇 가지 제안할 게 있는데, 네가 의논하고 싶은 마음만 있다면 말이야. 너만 좋다면 내일 일찍 들러도 돼."

"크루첼 선생님, 저……그리핀이 선생님께 원고를 드렸어요?"

"응, 그리핀이 방과 후에 원고를 갖다 줬어. 너도 알겠지만. 네가 글을 쓴 걸로 충분해. 그걸 백일장에 낼 필요는 없어. 네 마음이 변했다면 모를까……."

난 "안 보낼 거예요."라고 대답한다. 글을 쓸 때는 백일장을 염두에 두지도 않았고, 단지 그르렁을 위해서 썼을 뿐이다. 그런데 다른 말을 한다.

"아니요. 괜찮아요. 보내도 돼요."

"그럼 아침에 보자꾸나."

그걸로 끝이었다. 난 전화기를 내려놓고 "나갈 거예요."라고 엄마에게 말한다. 엄마는 부엌 식탁에 앉아 있는데 앞에는 자료가 한 무더기 그득하고, 손에는 커피 잔을 들고 있다.

"금방 나갔다 올게요."

엄마는 어디 가냐고 묻지 않는데, 알고 있나?

"전화 말이야. 네 국어 선생님 맞지? 그 좋은 분이라는? 뭐라고 말씀하셨어?"

"낭보."

나는 어깨를 움츠리며 재킷을 입는다.

"선생님이 좋은 소식을 전해 주셨어."

내가 본격적으로 페달을 밟기 시작하자 시원한 바람이 차갑게, 얼굴에 물을 뿌리듯 불어와 내 시린 눈을 가라앉힌다. 자전거를 타고 파도처럼 밀려드는 소리를, 부웅부웅 엔진음을 내는 차를, 환한 차고 작업대에서 나는 기계소리를 지나가고, '날 들여보내 줘.'라고 집요하게 짖는 개 소리를 뚫고 지나간다. 그르렁은 저렇게 짖어본 적이 없다. 그르렁이 원했던 건, 세상 밖으로 나가는 것이었다.

아아, 미안해, 그르렁.

그리핀의 집 안엔 불이 켜 있고, 차는 진입로에 있는데, 문을 두드려도 아무런 기척이 없다. 계속 문을 두드리자 마침내 검정 스웨터를 입은 은은한 회색 눈빛의 그리핀 엄마가 문을 열며 "어서 와." 하고 인사한다. 그녀는 나를 보고도 전혀 놀라지 않는다.

"그리핀은 이층에 있는데……. 불러줄까?"

"괜찮으시다면 제가 올라갈게요."

내가 지나쳐 가려는데 그리핀 엄마—애나—가 살며시 잠깐 내 팔을 건드린다.

"개 얘기 듣고 나도 마음이 아팠어. 그리핀이 아주 많이 속상해했단다. 너도 그랬겠지?"라고 말한다.

"저도 그랬어요. 그래도 지금은 많이 괜찮아졌어요."

계단을 올라가면서 그게 사실이라는 것을 깨닫는다. 결코 좋은 기분은 아니지만, 아직 아니지만, 나아지고, 아마도 나아질…….

"어!"

놀라는 소리에 보니 그리핀이 문손잡이를 잡고 있다. 그리핀은 웃지도 않았지만 그렇다고 굳은 표정도 아닌데, 적어도 이제껏 보았던 그런 표정은 아니다. 동물우리 안쪽에서 내다보는 보호소의 개처럼, 얼마나 믿어야 할지 가늠할 수 없어 경계하는 표정이다.

"크루첼 선생님이 전화 했어."

나는 말한다. 나는 들어가도 되냐고 묻지 않고 그리핀도 들어오라 하지 않는다.

"난 그냥, 단지 고맙다고 말하고 싶어서."

"천만에."

그리핀의 말투로 보아 괜찮아진 건 아니지만, 최소한 나쁘지만은 않다는 걸 알 수 있다.

"선생님이 그걸 읽어야 할 것 같아서. 글은 좋았어."

둘 사이에 침묵이 흐르지만 불편하다거나, 냉랭한 기류는 아니고 일종의 망설임이라고나 할까. 그때

"있잖아, 아직 네 마음이 변하지 않았다면, 우리를 만들었으면 해."

나는 말한다.

"글쎄. 난 모르겠어."

"넌 어때?"

묻고는 그리핀이 대답하기도 전에 "난 오야."라고 말한다.

"최대 오하고 반은 돼."

"난 삼."

그리핀은 내 쪽에 눈길을 주지 않고 대답한다.

"삼이면 어제보다는 한참 점수가 높지. 어제는 마이너스였어."

"너한테 소리 질러서 미안해. 네가 잘못한 것은 없어."

난 더 말하고 싶지만 기다려야 한다는 걸 안다. 적어도 내일까지. 그래서 "학교에서 볼 수 있겠지." 하고 몸을 돌려 계단을 내려오는데 아래까지 거의 다 내려왔을 때 내 이름이 들린다. 들렸나? 뒤돌아보지만 문은 닫혀 있다. 하지만 집으로 자전거를 타고 오면서 기분이 훨씬 더 홀가분해지고 훨씬 더 나아져서, 확실히 육, 아니면 아마도 칠은 될 것 같다. 일이 제대로 풀리는 것 같고, 전처럼, 그리핀과 내가 원래 있어야 할 곳으로 되돌아가는 것 같아서다.

교실로 들어서니 크루첼 선생님은 커피를 홀짝이며 휴대형 컴퓨터로 작업을 하고 있다. 부드럽고 진한 헤이즐넛 커피향이 교실에 그득하다. 선생님은 나를 보자 책상의 자료더미에서 내 원고를 꺼내 선생님이 늘 쓰는 빨간색 연필을 잡는다.

"메모를 조금 했어. 네가 바꾸거나 살을 더 붙였으면 하는 것 몇 개……. 그리고 끝이 어떻게 되는지를 확실히 말해 줘야지. 다음이 아니라 마지막 말이야."

선생님이 말한다.

"했는데요."

나는 가방을 책상 위로 미끄러뜨린다.

"그르렁은, 개는……죽어요."

선생님은 선생님 특유의 표정을, 감정이 드러나지 않았지만 예민한 표정을 보인다.

"그게 끝인 거 맞아?"

하지만 선생님이 글에 관해 물은 건 그게 다였다. 심중에 있는 말이나 내가 고쳤으면 하는 것에 대한 힌트를 주거나 제안을 하지 않았다. 대신에 선생님은 백일장에 관해서, 형식에 맞게 손질해서 마감일 전에 우편 발송하려면 얼마나 서둘러야 하는지를 이야기했다.

그러면서 "넌 할 수 있어."라고 말한다.

"네가 이걸 할 수 있다면." 원고를 톡톡 두드리며, "그것도 할 수 있어."라고 말한다.

누군가, 내가 모르는 어떤 선생님이 문가에 고개를 들이 밀더니 나를 힐끗 보고 가버린다. 왠지 그런 게 우습게 느껴진다.

위험해! 길들지 않는 소녀!

크루첼 선생님은 내 미소를 보고 따라 웃는다. 선생님이 뭔가 다른 말을 하려는 순간 종이 울려서 나는 원고를 집어 가방에 넣는다.

"수업 시간에 보자."

선생님이 말한다.

심리학 수업에 들어가기 전에 우선 사물함에 들러야 해서 와글

와글 떨거지들을 헤치고 빠르게 빠져나가……. 급하게 모퉁이를 도는데 누군가와 정면으로 세게 부딪힌다. 아야! 첼시아다. 첼시아는 도대체 왜 내가 자기 복도를 돌아다니느냐는 듯이, 나를 노려본다.

"눈을 어디다 두고 다녀."

그렇지만 그거 알아? 난 그녀의 그런 속셈에 신경도 쓰이지 않는다는 걸. 심지어 화도 나지 않고 또 아무렇지도 않고, 그냥 신경이 쓰이지도 않는 거. 그르렁과의 일을 겪고 나니 이런 애쯤은 아무것도 아니고, 눈에도 안 들어온다. 나는 시간이 없어서 첼시아를 보지 않고 "실례."라고 한마디 하고는 옆으로 비켜서 가던 길을 계속 간다.

12장
아직 결정할 필요 없다.

왜 우리를 꼭 어떤 사이라고 표현해야 하는지 모르겠다.

그저 마음으로 느끼면 충분하지 않나.

끝이 어떻게 되냐고? 글쎄, 나와 그리핀과 그리고 그 나머지 일에 관해서는 아직 잘 모르겠다. 하지만 지금 무슨 일이 있는지는 말할 수 있다.

한 번 볼까? 기온이 28℃로 7월의 한여름이고, 여기는 그리핀 집 뒤뜰이다. 내가 "새디, 그만둬." 라고 수백만 번 말했는데도 새디는 콘크리트로 만든 새 목욕용 접시에 고인 물을 마신다. 그러고는 내 무릎으로 훌쩍 뛰어올라서는 무슨 대단한 묘기를 방금 성공시킨 것처럼 꼬리를 흔든다. 그걸 자랑스러워하는 녀석만큼이나 나도 행복하다.

새디는 골든리트리버 조금, 래브라도 조금, 크라운 조금, 아무도 모르는 종이 다 섞인 잡종이다. 애완동물 보급소 티셔츠에 발자국을 묻혀 더럽히지만, 뭐 괜찮다. 애완동물 보급소에서는 흙

투성이 발 정도는 아무것도 아니다. 그리핀과 나는 거기서 새디를 얻었다. 내가 애완동물 보급소에 신청서를 내러 간 날, 보급소에서 강아지와 새끼고양이와 좀 더 큰 동물 몇 마리를 위탁 분양하고 있었는데, 그중 하나가 새디였다. 갈색과 흰색 털이 섞인 새디는 귀 하나는 접혀 있고 긴 꼬리를 맹렬하게 흔드는데, 그 꼬리 길이는 몸의 다른 부분과 전혀 어울리지 않을 정도로 길었다. 봉사자가 새디를 개 우리에서 꺼내 주자, 새디는 깡충거리며 우리한테 냉큼 기어올라 왔고, 다시 우리에 넣으려 하자 안 가려고 버텼다. 그렇다고 심술이 났다거나 무서워하거나 하지는 않았다. 새디는 그저 가지 않으려고 했고, 기분 좋은 신뢰를 담뿍 담은 눈으로 우리를 쳐다보았다.

"우리 개가 생긴 것 같아."라고 그리핀이 말할 때까지.

우리는 개 우리를 만들지 않았다. 길든 개라서 새디는 개 우리가 필요 없었다. 그리핀의 엄마 애나는 새디를 '털 뭉치'라고 혀를 차면서도 밤이면 새디를 자신의 침대에서 재운다.

수잔 자던? 아니, 가지 않았다. 난 작문을 마감일에 맞추어 제출해서 [19]선외가작으로 뽑혔다. 그러나 자던은 평 말미에 내 작문이 "너무 거칠다."고 평해서 크루첼 선생님의 꼭지를 돌게 했는데, 내게는 미소를 짓게 했다. 그르렁처럼 너무 거칠다니. 나는 선생님한테는 "나는 여전히 열쇠를 가지고, 아직 다른 문도 많이 있으니 걱정하지 않는다."고 말했다. 도서관에서 운영하는 미래의 작가 교실이라든지 또는 온라인에서 본 다른 경시대회라든지…….

나는 제이크에게 작문의 복사본을 보냈다. 제이크는 멜리사에게 작문을 보여주었다고 했는데, 멜리사는 그 글에 대해 이렇다 저렇다 말을 하지 않았다. 제이크는 내가 여름을 쉬고 가을쯤엔 보호소로 돌아오는 게 어떻겠냐고 물었다.

내가 그렇게 할지는 모르겠다. 하지만 아직 결정할 필요가 없다. 난 지금 이 순간은 애완동물 보급소에서 지내는 게 행복하다. 사람들에게 동물을 키우는 데에 필요한 것을 알려주고, 지역 보호소와 연계하여 입양을 도와주는 일이. 보호소에서의 모든 경험이 여기서는 유용하다. 게다가 아빠가 변상한 컴퓨터 값을 여기서 버는 돈으로 충당하는데, 아빠는 한사코 그 돈을 내 힘으로 갚아야 한다고 우겼다. 어쨌든 반 정도 갚았다. 엄마 말로는 나머지 반은 아빠가 "기부했다."고 치자는데, 그 말이 정확하게 뭘 뜻하는지 모르겠다. 보호소에 기부한 거야? 내게 기부한 거야?

그리고 일하지 않을 때면 나는 늘 글을 쓴다. 개에 관한 다른 이야기, 일부는 새디, 일부는 그르렁, 일부는 순전히 상상으로 만

----

19) 입선하지 못한 작품에서 골라 뽑은 좋은 작품.

들어낸다. 이제 꽤 길게 써서, 거의 책 한 권의 분량이 된다. 그리 핀은 그 글을 출판사에 보내자고 하는데, 사실은 아닐지 모르지 만 난 "너무 거칠어서." 라고 계속 변명을 한다. 그리고 그리핀은 트럼펫으로 내게 음악을 들려준다. 내가 글을 쓰는 동안 그리핀 은 연주한다. 계단처럼 높낮이가 다른 음계를 자꾸자꾸 반복해 서, 또 매번 조금씩 변화를 주며 연주한다. 진짜 노래는 아니라 도, 나는 그걸 듣는 게 좋다. 특히 여기 야외에서 듣는 맛이 각별 하다. 미풍은 솔솔 불어오고, 머리 위의 나뭇잎들이 살랑살랑 흔 들리고, 초록이 우거진 뜰은 시원하다.

그리핀을 다시 연주하게, 아니 연습하게 한 사람은 나인데, 그 리핀의 엄마 애나는 이를 두고 '기적'이라고 말한다. 진짜 그런 지 모르겠다. 개학하고 학교로 돌아간다 해도 그리핀이 밴드부 같은 데 들어갈 것 같진 않다. 그래도 어쨌든 연주하는 것만으로 충분하다고 그리핀은 말한다. 어쨌든 난 그리핀이 밴드부에서 연 주하는 모습이 상상이 안 된다. 설령 그리핀이 밴드부에 가입해 연주를 한다 한들 경기장 반대쪽으로 혼자 행진할 것 같다.

애나는 우리가 '사귄다.'고 생각한다. 우리 엄마도 그렇게 여 긴다. 엄마가 그리핀을 내 남자 친구라고 부를 때도 이젠 신경을 꺼둔다. '남자 친구'와 '여자 친구'라는 말이 우리 사이를 제대로 설명하지 못할 때를 제외하고는. 왜 우리를 꼭 어떤 사이라고 표현해야 하는지 모르겠다. 그저 마음으로 느끼면 충분하지 않나.

이제 일하러 갈 시간이고, 나는 오늘 3시부터 9시까지 일한다. 대개는 그리핀이 나를 태워주고 새디도 뒤에 탄다. 그래서 나는 노란 개줄을 집어 들고 "타, 새디 타."라고 말한다. 그러면 새디는 내 무릎으로 뛰어오려던 걸 바로 멈추고 깡충거리며 꼬리를 [20]메트로놈 같이, 커다란 빗자루 같이 흔든다. 그리핀은 수퍼 치킨 티셔츠 차림으로 손에 열쇠를 들고 나타나 철조망 안쪽에서 "준비됐어?"라고 물어본 뒤 "가자."라고 말한다.

애완동물 보급소의 주차장에서 한 여자가 우리 옆에 차를 대는데 보니, 뒷자리에 금색과 흰색이 섞인 커다란 개 콜리가 있다. 콜리는 꼬리를 휙 흔들고 눈을 반짝인다. 콜리를 보자 뜨거운 눈물이 흘러 눈앞이 뿌옇게 흐려진다. 그리핀도 역시 개를 보더니 궁금해 한다.

"그 녀석 지금 있는 곳에서 행복하겠지? 그르렁, 그 녀석 말이야?"

"녀석이 살아 있으면 좋겠어."

난 겨우 말한다.

....

20) 악곡의 박절(拍節)을 측정하거나 템포를 나타내는 기구. 시계추의 원리를 응용한 것으로, 시계추처럼 일정한 속도로 반복하여 움직인다.

"행복하게, 살아 있으면."

"그런 행운을 타고나질 못한 게지."

그리핀이 내 손을 꽉 쥔다.

"일 끝난 뒤 보자. 알았지?"

새디는 그리핀의 무릎에 올라서서 내 뒤통수를 정신없이 핥는다.

"알았어."

난 대답한다.

어둡다. 나는 낯선 어둠을 헤치며 걷는다. 킁킁거리며 돌아다닌다. 다른 개들, 나 같은 개들이 멀리 떨어진 높은 언덕 위를 걷는 게 보인다. 가까워지면 냄새를 맡아서 누군지 알아내야겠다.

내 안의 배 속이 따뜻하다. 배고픔도 못 느끼겠고 갈증도 느껴지지 않는다. 내가 밥을 먹었나? 물을 마셨나? 기억이 나지 않는다. 햇볕만큼 따뜻한 바람이 내 털을 스치고, 나는 풀과 흙과 꽃이 있는 땅을 뛰어다닌다. 귀를 쫑긋거리고 꼬리를 치켜세우고 킁킁거리며 둘러본다. 여기가 어디지? 모르겠다. 그건 상관없다. 겁도 나지 않는다. 여기엔 그들도, 그들 냄새도, 차도, 잡아서 가두어 놓을 상자도 없으니까. 그리고 무엇보다도, 가장 좋은 건, 두려움이 없다는 것, 전혀 겁이 나지 않는다는 것, 전혀! 모두 사라졌다. 나쁜 냄새처럼, 녹색 물이나 차가운 비도, 내가 늘 가지고 다녔던 두려움도 다 사라지고, 이제 아무것도 없다. 어떻게 이처럼 두려움이 없는 곳이 있을까? 근데 이런 곳이 다 있네. 난 어떻게 여기에 왔지? 몰라. 이곳에, 따뜻하고 다정한 어둠 속에 있는 건 좋아. 정말 좋다.

난 여기 있을 거야. 언제까지나. 그럼 좋을 거야. 오래전 그곳처럼, 나 같은 작은 개들과 큰 개의 따뜻함. 그 개들도 여기 있을 거야. 큰 개들도. 여기에 있으면 그 개들을 찾을 수 있을 것 같다.

나는 귀를 쫑긋 세우고 어둠 속으로 점점 더 깊이 들어가 머나 먼 곳으로 걸어간다. 꼬리를 흔들면서 땅위를 단단히 딛는다. 이제 곧 나 같은 모든 떠돌이 개들, 착한 개들과 함께 언덕에 있게 될 것이다.

또래 아이들과 다른, 그러면서 동시에 너무나 십 대다운 레이첼의 세상과 소통하기

십 대의 말투와 감정의 흐름이 너무나 섬세하게 잘 표현되어 있어 책을 읽는 내내 귓가에서 레이첼의 목소리가 들리는 듯 하다.

십 대에게 훌쩍 다가가게 만드는 책,《길들지 않는 나를 찾습니다》

레이첼처럼 작은 것에도 상처받고 아파하는 십 대들에게 어른들은 얼마나 무심했던가!

— 울산 효정고등학교 문명숙 교사

생명 있는 다른 존재들과 더불어 살아가는 방법 알기

생명 있는 다른 존재들과 더불어 살아가는 방법을 이 주인공들로부터 알게 되었고, 동물들에게 무관심했던 자신을 반성하는 계기가 되었다. 청소년들에게 살아있는 모든 존재를 존중하는 법을 제시해 주고, 자기 삶을 개척해 가는 태도를 잘 보여준 좋은 작품이라고 생각한다.

— 김해 가야중학교 박미옥 교사

선생님들부터 읽어보면 좋을 소설

소설 속 소설의 주인공 '그르릉' 은 소설의 주인공 '레이첼' 이기도 하다. 레이첼은 자신이 세상에 길들기를 바라지 않으면서도 '그르릉' 을 자신에게 길들이고자 했다. 그런 모순 속에서 삶의 진실을 발견해 가는 레이첼의 모습이 당차 보여 흐뭇했다.

학교 현장에서도 모든 학생들을 정해진 틀에 맞추어 내고 그것이 사회에 적응하여 잘 살게 하는 방법이고 학생을 위하는 것처럼 받아들여지기도 한다. 창의성을 이야기하지만 아직까지 독특함은 받아들여지기 힘든 것 같다.

사회가 정해놓은 틀에 맞추어 살 수 있는 방법을 알려주기보다는 개개인의 특성을 살려주고 인정하면서 모두가 같이 더불어 살 수 있는 방법을 알려주는 것이 교육이지 않을까라는 생각을 하게 해 준 소설이었다. 청소년 소설이지만 선생님들부터 읽어보면 좋을 소설이다.

— 동국대 사범대 부속여자중 윤용민 교사

방황하고 있는 청소년에게

삶의 목적을 정하지 못하여 방황하고 있는 우리 청소년들이 이 책을 읽게 되면 느낄 수 있는 점이 아주 많을 것이다. 인생에 대한 답을 찾지 못해서 반항하고 반기를 드는 감정의 원인이 무엇인지를 정확하게 찾아낼 수 있는 방편이 제시되어 있다.

— 완주 봉동초등학교 정기상 교사

레이첼의 친구가 되었으면

《길들지 않는 나를 찾습니다》를 읽으면서 레이첼의 반항적이지만 귀여운 모습이 계속 눈앞에 아른거렸다. 미국이나 한국이나 학창시절은 크게 다르지 않은 것 같다. 학창시절 친구들과의 어색하고 불편하고 재미없고 따분한 과정이 실감나게 잘 그려져 있었다. 친구들과 폭넓고 재미있는 생활을 꿈꿔왔지만 현실은 몇 안 되는 친구들과 시시하게 보낸 나의 중등학교 시절이 생각났다. 이 책을 읽고 대한민국의 청소년들이 컴퓨터의 세계에서 잠시 벗어나 동물과 교감하고 글쓰기에 모든 것을 거는 레이첼과 친구가 되기를 빌어본다.

— 거제 해성중학교 박향선 교사

해커스톡
영어회화
10분의
기적
패턴으로 말하기

10분
스피킹
핸드북

왕초보영어 탈출
해커스톡

영어 문장을 가린 후 우리말 의미만 보고 영어 문장을 말해보세요. MP3도 함께 들어보며 연습해보세요.

무료 강의 및
MP3 바로 듣기

🎧 10분 스피킹 핸드북_Day 1. mp3

I'm used to ~ 나는 ~에 익숙해

나는 그것에 익숙해.	**I'm used to** it.
나는 네게 익숙해.	**I'm used to** you.
나는 소음에 익숙해.	**I'm used to** the noise.
나는 이런 것에 익숙해.	**I'm used to** this stuff.
나는 추위에 익숙해.	**I'm used to** the cold.

🎧 10분 스피킹 핸드북_Day 2. mp3

I'm afraid ~ (유감이지만) ~인 것 같아

(유감이지만) 나 참석하지 못할 것 같아.	**I'm afraid** I can't make it.
(유감이지만) 나 널 도와줄 수 없을 것 같아.	**I'm afraid** I can't help you.
(유감이지만) 나 이해 못 한 것 같아.	**I'm afraid** I don't understand.
(유감이지만) 나 늦을 것 같아.	**I'm afraid** I'll be late.
(유감이지만) 나 시간이 없을 것 같아.	**I'm afraid** I don't have time.

I'm sure ~ ~라고 확신해

네가 잘했을 거라고 확신해.	**I'm sure** you did a good job.
네가 그것을 할 수 있을 거라고 확신해.	**I'm sure** you can do it.
네가 다음번에 더 잘할 거라고 확신해.	**I'm sure** you'll do better next time.
네가 즐거운 시간을 보낼 거라고 확신해.	**I'm sure** you'll have fun.
모든 일이 잘 풀릴 거라고 확신해.	**I'm sure** things will work out.

I'm not sure ~ ~인지 잘 모르겠어

우리가 여기에 주차할 수 있는지 잘 모르겠어.	**I'm not sure** we can park here.
내가 그것을 할 수 있을지 잘 모르겠어.	**I'm not sure** I can do it.
내가 이해한 건지 잘 모르겠어.	**I'm not sure** I understand.
그것이 가능한지 잘 모르겠어.	**I'm not sure** it's possible.
네가 나를 기억하는지 잘 모르겠어.	**I'm not sure** you remember me.

10분 스피킹 핸드북 / 해커스톡 영어회화 10분의 기적 패턴으로 말하기

영어 문장을 가린 후 우리말 의미만 보고 영어 문장을
말해보세요. MP3도 함께 들어보며 연습해보세요.

무료 강의 및
MP3 바로 듣기

🎧 10분 스피킹 핸드북_Day 5. mp3

Day 5

Are you sure ~? 너 ~인 거 확실해?

너 알고 싶은 거 확실해?	**Are you sure** you want to know?
너 가고 싶은 거 확실해?	**Are you sure** you want to go?
너 이거 할 수 있는 거 확실해?	**Are you sure** you can do this?
너 그만두고 싶은 거 확실해?	**Are you sure** you want to quit?
너 하나도 원하지 않는 거 확실해?	**Are you sure** you don't want any?

....

🎧 10분 스피킹 핸드북_Day 6. mp3

Day 6

I'm saying ~ ~라고 말하는 거야

미안하다고 말하는 거야.	**I'm saying** I'm sorry.
널 사랑한다고 말하는 거야.	**I'm saying** I love you.
그것은 사실이 아니라고 말하는 거야.	**I'm saying** it's not true.
그걸 좋아한다고 말하는 거야.	**I'm saying** I like it.
이해할 수 없다고 말하는 거야.	**I'm saying** I don't understand.

I'm not saying ~   ~라고 말하는 게 아니야

네가 떠나야 한다고 말하는 게 아니야.	**I'm not saying** you should leave.
그것이 쉬울 거라고 말하는 게 아니야.	**I'm not saying** it'll be easy.
내가 널 미워한다고 말하는 게 아니야.	**I'm not saying** I hate you.
이것이 완벽하다고 말하는 게 아니야.	**I'm not saying** this is perfect.
내가 항상 옳다고 말하는 게 아니야.	**I'm not saying** I'm always right.

I'm (not) talking about ~   ~에 대해 얘기하고 있어/얘기하고 있는 게 아니야

너에 대해 얘기하고 있는 게 아니야.	**I'm not talking about** you.
내 남자친구에 대해 얘기하고 있어.	**I'm talking about** my boyfriend.
텔레비전 프로그램에 대해 얘기하고 있어.	**I'm talking about** a TV show.
내 친구에 대해 얘기하고 있어.	**I'm talking about** my friend.
네 외모에 대해 얘기하고 있는 게 아니야.	**I'm not talking about** your appearance.

영어 문장을 가린 후 우리말 의미만 보고 영어 문장을
말해보세요. MP3도 함께 들어보며 연습해보세요.

무료 강의 및
MP3 바로 듣기

🎧 10분 스피킹 핸드북_Day 9, mp3

 Day 9

Are you talking about ~? 너 ~에 대해 얘기하는 거야?

너 그 책에 대해 얘기하는 거야?	**Are you talking about** the book?
너 우리에 대해 얘기하는 거야?	**Are you talking about** us?
너 그 영화에 대해 얘기하는 거야?	**Are you talking about** the movie?
너 나에 대해 얘기하는 거야?	**Are you talking about** me?
너 내 친구에 대해 얘기하는 거야?	**Are you talking about** my friend?

🎧 10분 스피킹 핸드북_Day 10, mp3

 Day 10

Are you planning to ~? 너 ~할 계획이야?

너 돌아올 계획이야?	**Are you planning to** come back?
너 머무를 계획이야?	**Are you planning to** stay?
너 여행할 계획이야?	**Are you planning to** travel?
너 여기 올 계획이야?	**Are you planning to** come here?
너 차를 빌릴 계획이야?	**Are you planning to** rent a car?

Day 11

I was no longer ~ 나 더 이상 ~가 아니었어 / ~이지 않았어

나 더 이상 어린애가 아니었어.	**I was no longer** a child.
나 더 이상 그곳에 있지 않았어.	**I was no longer** there.
나 더 이상 일하고 있지 않았어.	**I was no longer** working.
나 더 이상 관심 있지 않았어.	**I was no longer** interested.
나 더 이상 확신이 있지 않았어.	**I was no longer** sure.

Day 12

I was asked to ~ 나 ~해 달라고 요청받았어

나 그것을 해 달라고 요청받았어.	**I was asked to** do it.
나 만나 달라고 요청받았어.	**I was asked to** meet.
나 떠나 달라고 요청받았어.	**I was asked to** leave.
나 연설해 달라고 요청받았어.	**I was asked to** make a speech.
나 도와달라고 요청받았어.	**I was asked to** help out.

🎧 10분 스피킹 핸드북_Day 13. mp3

Day 13

I was supposed to ~ 나 ~하기로 되어 있었어

나 영화를 보러 가기로 되어 있었어.	**I was supposed to** go to the movies.
나 여기 있기로 되어 있었어.	**I was supposed to** be here.
나 네게 전화하기로 되어 있었어.	**I was supposed to** call you.
나 먼저 가기로 되어 있었어.	**I was supposed to** go first.
나 누군가를 만나기로 되어 있었어.	**I was supposed to** meet someone.

🎧 10분 스피킹 핸드북_Day 14. mp3

Day 14

I wasn't supposed to ~ 나 ~하면 안 되는 거였어

나 그렇게 하면 안 되는 거였어.	**I wasn't supposed to** do that.
나 말하면 안 되는 거였어.	**I wasn't supposed to** tell.
나 그것에 대해 알면 안 되는 거였어.	**I wasn't supposed to** know about it.
나 거기 있으면 안 되는 거였어.	**I wasn't supposed to** be there.
나 이거 보면 안 되는 거였어.	**I wasn't supposed to** see this.

Day 15

I was thinking about ~ 나 ~할까 생각했어

나 네게 말할까 생각했어.	**I was thinking about** telling you.
나 돌아갈까 생각했어.	**I was thinking about** going back.
나 외출할까 생각했어.	**I was thinking about** going out.
나 이사 갈까 생각했어.	**I was thinking about** moving away.
나 자러 갈까 생각했어.	**I was thinking about** going to bed.

Day 16

I wish I were ~ 내가 ~라면 좋겠어

내가 너라면 좋겠어.	**I wish I were** you.
내가 사랑에 빠졌다면 좋겠어.	**I wish I were** in love.
내가 뉴욕에 있다면 좋겠어.	**I wish I were** in New York.
내가 새라면 좋겠어.	**I wish I were** a bird.
내가 거기 있다면 좋겠어.	**I wish I were** there.

영어 문장을 가린 후 우리말 의미만 보고 영어 문장을
말해보세요. MP3도 함께 들어보며 연습해보세요.

무료 강의 및
MP3 바로 듣기

🎧 10분 스피킹 핸드북_Day 17, mp3

Day 17

It's important to ~ ~하는 것은 중요해

기억하는 것은 중요해.	**It's important to** remember.
연습하는 것은 중요해.	**It's important to** practice.
용서하는 것은 중요해.	**It's important to** forgive.
계속 시도하는 것은 중요해.	**It's important to** keep trying.
질문하는 것은 중요해.	**It's important to** ask questions.

🎧 10분 스피킹 핸드북_Day 18, mp3

Day 18

It's about how ~ 어떻게/얼마나 ~하는지가 중요해

어떻게 네가 느끼는지가 중요해.	**It's about how** you feel.
얼마나 네가 잘하는지가 중요해.	**It's about how** good you are.
어떻게 네가 그것을 말하는지가 중요해.	**It's about how** you say it.
어떻게 우리가 그것을 하는지가 중요해.	**It's about how** we do it.
어떻게 네가 반응하는지가 중요해.	**It's about how** you react.

It was too late to ~ ~하기엔 너무 늦었었어

먹기엔 너무 늦었었어.	**It was too late to** eat.
운동하기엔 너무 늦었었어.	**It was too late to** work out.
시작하기엔 너무 늦었었어.	**It was too late to** start.
돌아가기엔 너무 늦었었어.	**It was too late to** go back.
사과하기엔 너무 늦었었어.	**It was too late to** apologize.

It's possible ~ ~일 가능성이 있어

이길 가능성이 있어.	**It's possible** to win.
계속될 가능성이 있어.	**It's possible** to go on.
그것이 작동하지 않을 가능성이 있어.	**It's possible** it won't work.
그것을 수리할 가능성이 있어.	**It's possible** to fix it.
네가 모를 가능성이 있어.	**It's possible** you don't know.

영어 문장을 가린 후 우리말 의미만 보고 영어 문장을
말해보세요. MP3도 함께 들어보며 연습해보세요.

무료 강의 및
MP3 바로 듣기

🎧 10분 스피킹 핸드북_Day 21. mp3

 Day 21

That's because ~   그것은 ~ 때문이야

그것은 너 때문이야.	**That's because** of you.
그것은 내가 잊어버렸기 때문이야.	**That's because** I forgot.
그것은 내가 너를 사랑하기 때문이야.	**That's because** I love you.
그것은 그가 모르기 때문이야.	**That's because** he doesn't know.
그것은 오랜만이기 때문이야.	**That's because** it's been a while.

🎧 10분 스피킹 핸드북_Day 22. mp3

 Day 22

This is the first ~   이번/이것이 처음 ~야

이번이 처음이야.	**This is the first** time.
이번이 처음 내가 여기에 온 거야.	**This is the first** time I've been here.
이것이 처음 네가 해야 하는 일이야.	**This is the first** thing you should do.
이번이 처음 그것이 발생한 거야.	**This is the first** time it's happened.
이것이 처음 내가 산 차야.	**This is the first** car I bought.

Day 23

This is one of ~ 이것은 ~ 중에 하나야

이것은 이유 중에 하나야.	**This is one of** the reasons.
이것은 문제 중에 하나야.	**This is one of** the problems.
이것은 내가 먹어본 최고의 식사 중에 하나야.	**This is one of** the best meals I've had.
이것은 내가 가장 좋아하는 노래 중에 하나야.	**This is one of** my favorite songs.
이것은 네 최고의 사진 중에 하나야.	**This is one of** your best pictures.

Day 24

There's been ~ ~가 있었어

문제가 있었어.	**There's been** a problem.
변화가 있었어.	**There's been** a change.
실수가 있었어.	**There's been** a mistake.
사고가 있었어.	**There's been** an accident.
폭발이 있었어.	**There's been** an explosion.

10분 스피킹 핸드북 / 해커스톡 영어회화 10분의 기적 패턴으로 말하기

영어 문장을 가린 후 우리말 의미만 보고 영어 문장을
말해보세요. MP3도 함께 들어보며 연습해보세요.

무료 강의 및
MP3 바로 듣기

🎧 10분 스피킹 핸드북_Day 25. mp3

Day 25

There's no need to ~ ~할 필요 없어

걱정할 필요 없어.	**There's no need to** worry.
기분 나빠할 필요 없어.	**There's no need to** feel bad.
대답할 필요 없어.	**There's no need to** respond.
언쟁할 필요 없어.	**There's no need to** argue.
미안해할 필요 없어.	**There's no need to** be sorry.

🎧 10분 스피킹 핸드북_Day 26. mp3

Day 26

There's no reason to ~ ~할 이유가 없어

화낼 이유가 없어.	**There's no reason to** get mad.
울 이유가 없어.	**There's no reason to** cry.
위험을 부담할 이유가 없어.	**There's no reason to** take a risk.
시도를 멈출 이유가 없어.	**There's no reason to** stop trying.
지금 포기할 이유가 없어.	**There's no reason to** give up now.

Day 27

There was no way to ~ ~할 방법이 없었어

알아차릴 방법이 없었어.	**There was no way to** find out.
그를 구할 방법이 없었어.	**There was no way to** save him.
그것을 멈출 방법이 없었어.	**There was no way to** stop it.
그것을 예방할 방법이 없었어.	**There was no way to** prevent it.
그것을 묘사할 방법이 없었어.	**There was no way to** describe it.

Day 28

There's something ~ ~인 게 있어

내가 좋아하는 게 있어.	**There's something** I like.
내가 말해야 하는 게 있어.	**There's something** I need to say.
네가 알아야 하는 게 있어.	**There's something** you should know.
내가 물어보고 싶은 게 있어.	**There's something** I want to ask.
너에 대해 내가 좋아하는 게 있어.	**There's something** about you I like.

10분 스피킹 핸드북 / 해커스톡 영어회화 10분의 기적 패턴으로 말하기

영어 문장을 가린 후 우리말 의미만 보고 영어 문장을
말해보세요. MP3도 함께 들어보며 연습해보세요.

무료 강의 및
MP3 바로 듣기

🎧 10분 스피킹 핸드북_Day 29. mp3

Day 29

I've seen ~ 나 ~ 봤어

나 그거 다 봤어.	**I've seen** it all.
나 그 뉴스 봤어.	**I've seen** the news.
나 이 영화 봤어.	**I've seen** this movie.
나 많은 변화를 봤어.	**I've seen** many changes.
나 너 우는 거 봤어.	**I've seen** you cry.

🎧 10분 스피킹 핸드북_Day 30. mp3

Day 30

I haven't seen ~ 나 ~ 못 봤어

나 그를 오랫동안 못 봤어.	**I haven't seen** him for a long time.
나 그것을 못 봤어.	**I haven't seen** it.
나 한동안 너를 못 봤어.	**I haven't seen** you in a while.
나 그 영화 아직 못 봤어.	**I haven't seen** the movie yet.
나 그 메모 못 봤어.	**I haven't seen** the memo.

I've come to ~   나 ~하러 왔어

나 배우러 왔어.	**I've come to** learn.
나 도와주러 왔어.	**I've come to** help.
나 방문하러 왔어.	**I've come to** visit.
나 너 보러 왔어.	**I've come to** see you.
나 너 집에 데려다주러 왔어.	**I've come to** take you home.

I've decided to ~   나 ~하기로 했어

나 넘어가기로 했어.	**I've decided to** move on.
나 돌아가기로 했어.	**I've decided to** go back.
나 달라지기로 했어.	**I've decided to** change.
나 그것을 받아들이기로 했어.	**I've decided to** take it.
나 기다리기로 했어.	**I've decided to** wait.

10분 스피킹 핸드북 / 해커스톡 영어회화 10분의 기적 패턴으로 말하기

영어 문장을 가린 후 우리말 의미만 보고 영어 문장을
말해보세요. MP3도 함께 들어보며 연습해보세요.

무료 강의 및
MP3 바로 듣기

🎧 10분 스피킹 핸드북_Day 33. mp3

 Day 33

You'd better ~   너 ~하는 게 좋을 거야

너 가는 게 좋을 거야.	**You'd better** go.
너 서두르는 게 좋을 거야.	**You'd better** hurry.
너 오는 게 좋을 거야.	**You'd better** come.
너 조심하는 게 좋을 거야.	**You'd better** watch out.
너 멈추는 게 좋을 거야.	**You'd better** stop.

🎧 10분 스피킹 핸드북_Day 34. mp3

 Day 34

You'd better not ~   너 ~하지 않는 게 좋을 거야

너 여기 있지 않는 게 좋을 거야.	**You'd better not** be here.
너 알지 않는 게 좋을 거야.	**You'd better not** know.
너 떠나지 않는 게 좋을 거야.	**You'd better not** leave.
너 늦지 않는 게 좋을 거야.	**You'd better not** be late.
너 물어보지 않는 게 좋을 거야.	**You'd better not** ask.

Day 35

I had no idea ~   나 ~인지 전혀 몰랐어

나 내가 무엇을 하고 있었는지 전혀 몰랐어.	**I had no idea** what I was doing.
나 내가 어디에 있었는지 전혀 몰랐어.	**I had no idea** where I was.
나 그게 너였는지 전혀 몰랐어.	**I had no idea** that was you.
나 이런 일이 생길지 전혀 몰랐어.	**I had no idea** this would happen.
나 네가 오는지 전혀 몰랐어.	**I had no idea** you were coming.

Day 36

It has nothing to do with ~   ~과는 상관없어

그것과는 상관없어.	**It has nothing to do with** that.
너와는 상관없어.	**It has nothing to do with** you.
그 일과는 상관없어.	**It has nothing to do with** the business.
일어난 일과는 상관없어.	**It has nothing to do with** what happened.
돈과는 상관없어.	**It has nothing to do with** money.

10분 스피킹 핸드북 / 해커스톡 영어회화 10분의 기적 패턴으로 말하기

영어 문장을 가린 후 우리말 의미만 보고 영어 문장을
말해보세요. MP3도 함께 들어보며 연습해보세요.

무료 강의 및
MP3 바로 듣기

🎧 10분 스피킹 핸드북_Day 37. mp3

Let me know ~ ~인지 알려줘

네가 올 수 있는지 알려줘.	**Let me know** if you can come.
네가 무엇을 원하는지 알려줘.	**Let me know** what you'd like.
무슨 일이 일어났는지 알려줘.	**Let me know** what happened.
어떻게 돼가는지 알려줘.	**Let me know** how it goes.
네가 무엇을 알아냈는지 알려줘.	**Let me know** what you find out.

🎧 10분 스피킹 핸드북_Day 38. mp3

Let me see ~ ~를 확인해 볼게

내가 할 수 있는지를 확인해 볼게.	**Let me see** if I can.
내가 무엇을 할 수 있는지를 확인해 볼게.	**Let me see** what I can do.
내가 도울 수 있는지를 확인해 볼게.	**Let me see** if I can help.
사진을 확인해 볼게.	**Let me see** the photo.
지도를 확인해 볼게.	**Let me see** the map.

Let me tell you ~ 너에게 ~을 말해줄게

너에게 무언가를 말해줄게.	**Let me tell you** something.
너에게 이것을 말해줄게.	**Let me tell you** this.
너에게 이야기를 말해줄게.	**Let me tell you** a story.
너에게 진실을 말해줄게.	**Let me tell you** the truth.
너에게 비밀을 말해줄게.	**Let me tell you** a secret.

I'll let you know ~ 너한테 ~ 알려줄게

너한테 결과를 알려줄게.	**I'll let you know** the result.
너한테 어떻게 돼가는지 알려줄게.	**I'll let you know** how it goes.
너한테 네가 필요하면 알려줄게.	**I'll let you know** if I need you.
너한테 가능한 한 빨리 알려줄게.	**I'll let you know** as soon as possible.
너한테 지금 당장 알려줄게.	**I'll let you know** right now.

10분 스피킹 핸드북 / 해커스톡 영어회화 10분의 기적 패턴으로 말하기

영어 문장을 가린 후 우리말 의미만 보고 영어 문장을
말해보세요. MP3도 함께 들어보며 연습해보세요.

무료 강의 및
MP3 바로 듣기

Day 41

I want you to ~ 네가 ~하면 좋겠어

네가 알고 있으면 좋겠어.	**I want you to** know.
네가 머무르면 좋겠어.	**I want you to** stay.
네가 날 위해 무언가 하면 좋겠어.	**I want you to** do something for me.
네가 행복하면 좋겠어.	**I want you to** be happy.
네가 솔직하면 좋겠어.	**I want you to** be honest.

Day 42

I don't want you to ~ 네가 ~하지 않으면 좋겠어

네가 가지 않으면 좋겠어.	**I don't want you to** go.
네가 두려워하지 않으면 좋겠어.	**I don't want you to** be afraid.
네가 그것을 사지 않으면 좋겠어.	**I don't want you to** buy it.
네가 걱정하지 않으면 좋겠어.	**I don't want you to** worry.
네가 나를 기다리지 않으면 좋겠어.	**I don't want you to** wait for me.

Do you want me to ~? 내가 ~하면 좋겠어?

내가 도와주면 좋겠어?	**Do you want me to** help?
내가 떠나면 좋겠어?	**Do you want me to** leave?
내가 머무르면 좋겠어?	**Do you want me to** stay?
내가 그와 얘기하면 좋겠어?	**Do you want me to** talk to him?
내가 들르면 좋겠어?	**Do you want me to** come over?

I know how to ~ 나 ~하는 방법을 알아

나 그곳에 가는 방법을 알아.	**I know how to** get there.
나 그 문제를 푸는 방법을 알아.	**I know how to** solve the problem.
나 요리하는 방법을 알아.	**I know how to** cook.
나 그것을 고치는 방법을 알아.	**I know how to** fix it.
나 뜨개질하는 방법을 알아.	**I know how to** knit.

영어 문장을 가린 후 우리말 의미만 보고 영어 문장을
말해보세요. MP3도 함께 들어보며 연습해보세요.

무료 강의 및
MP3 바로 듣기

🎧 10분 스피킹 핸드북_Day 45, mp3

Day 45

Do you know how to ~? 너 ~하는 방법 알아?

너 그것을 하는 방법 알아?	**Do you know how to** do it?
너 그곳에 가는 방법 알아?	**Do you know how to** get there?
너 운전하는 방법 알아?	**Do you know how to** drive?
너 바느질하는 방법 알아?	**Do you know how to** sew?
너 철자를 쓰는 방법 알아?	**Do you know how to** spell?

🎧 10분 스피킹 핸드북_Day 46, mp3

Day 46

Do you know what ~? 너 ~ (무엇)인지 알아?

너 그것이 무엇인지 알아?	**Do you know what** it is?
너 내 말 무슨 뜻인지 알아?	**Do you know what** I mean?
너 무엇이 일어났는지 알아?	**Do you know what** happened?
너 문제가 무엇인지 알아?	**Do you know what** the problem is?
너 지금 몇 시인지 알아?	**Do you know what** time it is?

Did you know ~? 너 ~ 알고 있었어?

너 이것에 대해 알고 있었어?	**Did you know** about this?
너 내 생일인 것 알고 있었어?	**Did you know** it's my birthday?
너 그 변화에 대해 알고 있었어?	**Did you know** about the changes?
너 내가 여기 있었던 것 알고 있었어?	**Did you know** I was here?
너 내가 너를 그리워했다는 것 알고 있었어?	**Did you know** I missed you?

I think I should ~ 나 ~해야 할 것 같아

나 돌아가야 할 것 같아.	**I think I should** go back.
나 떠나야 할 것 같아.	**I think I should** leave.
나 병원에 가야 할 것 같아.	**I think I should** go to the hospital.
나 자러 가야 할 것 같아.	**I think I should** go to bed.
나 휴식을 취해야 할 것 같아.	**I think I should** take a break.

영어 문장을 가린 후 우리말 의미만 보고 영어 문장을
말해보세요. MP3도 함께 들어보며 연습해보세요.

무료 강의 및
MP3 바로 듣기

🎧 10분 스피킹 핸드북_Day 49. mp3

 Day 49

I don't think I should ~   나 ~하면 안 될 것 같아

나 그것을 말하면 안 될 것 같아.	**I don't think I should** say it.
나 여기에 있으면 안 될 것 같아.	**I don't think I should** be here.
나 가면 안 될 것 같아.	**I don't think I should** go.
나 이것을 먹으면 안 될 것 같아.	**I don't think I should** eat this.
나 네게 이야기해주면 안 될 것 같아.	**I don't think I should** tell you.

🎧 10분 스피킹 핸드북_Day 50. mp3

Day 50

I never thought ~   ~할 거라고 생각도 못 했어

내가 그것을 할 수 있을 거라고 생각도 못 했어.	**I never thought** I could do it.
내가 해야 할 거라고 생각도 못 했어.	**I never thought** I would have to.
내가 여기 있게 될 거라고 생각도 못 했어.	**I never thought** I would be here.
내가 이것을 말할 수 있을 거라고 생각도 못 했어.	**I never thought** I could say this.
내가 그게 필요할 거라고 생각도 못 했어.	**I never thought** I would need it.

Day 51

I thought it was ~ ~였다고 생각했어

좋은 아이디어였다고 생각했어.	**I thought it was** a good idea.
실수였다고 생각했어.	**I thought it was** a mistake.
농담이었다고 생각했어.	**I thought it was** a joke.
그것이 틀렸다고 생각했어.	**I thought it was** wrong.
그것이 너였다고 생각했어.	**I thought it was** you.

Day 52

Don't even think about ~ ~할 생각도 하지 마

그것을 생각도 하지 마.	**Don't even think about** it.
떠날 생각도 하지 마.	**Don't even think about** leaving.
시도할 생각도 하지 마.	**Don't even think about** trying.
그것을 할 생각도 하지 마.	**Don't even think about** doing it.
쇼핑할 생각도 하지 마.	**Don't even think about** shopping.

영어 문장을 가린 후 우리말 의미만 보고 영어 문장을 말해보세요. MP3도 함께 들어보며 연습해보세요.

무료 강의 및
MP3 바로 듣기

🎧 10분 스피킹 핸드북_Day 53. mp3

Day 53

Who's going to ~? 누가 ~할까?

누가 올까?	**Who's going to** come?
누가 이길까?	**Who's going to** win?
누가 나를 도와줄까?	**Who's going to** help me?
누가 이거 계산할까?	**Who's going to** pay for this?
누가 요리할까?	**Who's going to** cook?

🎧 10분 스피킹 핸드북_Day 54. mp3

Day 54

Who would ~? 누가 ~하겠어?

누가 그런 말을 하겠어?	**Who would** say that?
누가 그것을 생각해봤겠어?	**Who would** have thought that?
누가 그런 것을 하겠어?	**Who would** do something like that?
누가 그것을 예상하겠어?	**Who would** expect it?
누가 그것에 동의하지 않겠어?	**Who would** disagree with that?

What if ~? 만약 ~하면 어떨까/어쩌지?

만약 내가 가면 어떨까?	**What if** I go?
만약 내가 그것을 좋아하지 않으면 어쩌지?	**What if** I don't like it?
만약 그것이 일어나지 않으면 어쩌지?	**What if** that doesn't happen?
만약 내가 틀리면 어쩌지?	**What if** I'm wrong?
만약 비가 오면 어쩌지?	**What if** it rains?

What kind of ~? ~은 어떤 유형이야/종류야?

그 사람들은 어떤 유형이야?	**What kind of** people are they?
그 장소는 어떤 종류야?	**What kind of** place is it?
네가 하는 일은 어떤 종류야?	**What kind of** work do you do?
네가 듣는 음악은 어떤 종류야?	**What kind of** music do you listen to?
네가 좋아하는 책들은 어떤 종류야?	**What kind of** books do you like?

영어 문장을 가린 후 우리말 의미만 보고 영어 문장을
말해보세요. MP3도 함께 들어보며 연습해보세요.

무료 강의 및
MP3 바로 듣기

🎧 10분 스피킹 핸드북_Day 57. mp3

Day 57

What do you say to ~? ~은 어때?

그 제안은 어때?	**What do you say to** the suggestion?
그것은 어때?	**What do you say to** that?
그 주장은 어때?	**What do you say to** that argument?
내 계획은 어때?	**What do you say to** my plan?
산책하는 것은 어때?	**What do you say to** a walk?

🎧 10분 스피킹 핸드북_Day 58. mp3

Day 58

What makes you ~? 무엇이 너를 ~하게 해?

무엇이 너를 그렇게 생각하게 해?	**What makes you** think that?
무엇이 너를 행복하게 해?	**What makes you** happy?
무엇이 너를 그렇게 말하게 해?	**What makes you** say that?
무엇이 너의 마음을 바꾸게 해?	**What makes you** change your mind?
무엇이 너를 다르게 해?	**What makes you** different?

How come ~? 어째서 ~일 수 있어?

어째서 내가 이것에 대해 몰랐을 수 있어?	**How come** I didn't know about this?
어째서 네가 그것을 알 수 있어?	**How come** you know that?
어째서 너는 그것을 좋아하지 않을 수 있어?	**How come** you don't like it?
어째서 너는 나한테 전화하지 않을 수 있어?	**How come** you don't call me?
어째서 너는 아무 말도 안 했을 수 있어?	**How come** you didn't say anything?

How do you know ~? 어떻게 ~를 알아?

어떻게 그것을 알아?	**How do you know** that?
어떻게 그것이 사실인지를 알아?	**How do you know** if it's true?
어떻게 나를 알아?	**How do you know** me?
어떻게 서로를 알아?	**How do you know** each other?
어떻게 그의 부모님을 알아?	**How do you know** his parents?

영어 문장을 가린 후 우리말 의미만 보고 영어 문장을
말해보세요. MP3도 함께 들어보며 연습해보세요.

무료 강의 및
MP3 바로 듣기

🎧 10분 스피킹 핸드북_Day 61. mp3

Day 61

How do you like ~? ~이 맘에 들어?

그것이 맘에 들어?	**How do you like** it?
그녀가 맘에 들어?	**How do you like** her?
음식이 맘에 들어?	**How do you like** the food?
그 아이디어가 맘에 들어?	**How do you like** that idea?
내 머리 모양이 맘에 들어?	**How do you like** my haircut?

🎧 10분 스피킹 핸드북_Day 62. mp3

Day 62

How long have you been ~? ~인지 얼마나 됐어?

결혼한 지 얼마나 됐어?	**How long have you been** married?
여기 있은 지 얼마나 됐어?	**How long have you been** here?
일한 지 얼마나 됐어?	**How long have you been** working?
기다린 지 얼마나 됐어?	**How long have you been** waiting?
이거 한 지 얼마나 됐어?	**How long have you been** doing this?

Day 63

When was the last time ~? 마지막으로 ~한 게 언제야?

마지막으로 네가 그것을 본 게 언제야?	**When was the last time** you saw it?
마지막으로 우리가 만난 게 언제야?	**When was the last time** we met?
마지막으로 즐거운 시간을 보낸 게 언제야?	**When was the last time** you had fun?
마지막으로 네가 방문한 게 언제야?	**When was the last time** you visited?
마지막으로 네가 책을 읽은 게 언제야?	**When was the last time** you read a book?

Day 64

Why do you think ~? 왜 ~라고 생각해?

왜 그것이 일어났다고 생각해?	**Why do you think** it happened?
왜 내가 물어봤다고 생각해?	**Why do you think** I asked?
왜 내가 여기 있다고 생각해?	**Why do you think** I'm here?
왜 그것이 망가졌다고 생각해?	**Why do you think** it's broken?
왜 내가 화났다고 생각해?	**Why do you think** I'm angry?

10분 스피킹 핸드북 / 해커스톡 영어회화 10분의 기적 패턴으로 말하기

영어 문장을 가린 후 우리말 의미만 보고 영어 문장을
말해보세요. MP3도 함께 들어보며 연습해보세요.

무료 강의 및
MP3 바로 듣기

🎧 10분 스피킹 핸드북_Day 65, mp3

 Day 65

You'll be able to ~ 너는 ~할 수 있을 거야

너는 그것을 할 수 있을 거야.	**You'll be able to** do it.
너는 배울 수 있을 거야.	**You'll be able to** learn.
너는 돌아올 수 있을 거야.	**You'll be able to** come back.
너는 차이점을 구별할 수 있을 거야.	**You'll be able to** tell the difference.
너는 성공할 수 있을 거야.	**You'll be able to** succeed.

🎧 10분 스피킹 핸드북_Day 66, mp3

Day 66

I'd rather ~ 차라리 ~할래

차라리 안 할래.	**I'd rather** not.
차라리 혼자 있을래.	**I'd rather** be alone.
차라리 안 갈래.	**I'd rather** not go.
차라리 대답 안 할래.	**I'd rather** not answer.
차라리 집에 있을래.	**I'd rather** stay home.

Day 67

10분 스피킹 핸드북_Day 67. mp3

I would say ~ ~라고 할 수 있어

그것은 좋은 아이디어라고 할 수 있어.	**I would say** it's a good idea.
그것은 말도 안 되는 거라고 할 수 있어.	**I would say** it's crazy.
내가 널 그리워한다고 할 수 있어.	**I would say** I miss you.
내가 널 사랑한다고 할 수 있어.	**I would say** I love you.
내가 미안하다고 할 수 있어.	**I would say** I'm sorry.

Day 68

10분 스피킹 핸드북_Day 68. mp3

I wouldn't mind ~ 나는 ~ 상관없어

나는 네가 그러길 원했더라도 상관없어.	**I wouldn't mind** if you wanted to.
나는 네가 그랬더라도 상관없어.	**I wouldn't mind** if you did.
나는 그것은 상관없어.	**I wouldn't mind** that.
나는 전혀 상관없어.	**I wouldn't mind** at all.
나는 가격은 상관없어.	**I wouldn't mind** the price.

10분 스피킹 핸드북 / 해커스톡 영어회화 10분의 기적 패턴으로 말하기

교재 예문 및 대화문 MP3 **HackersTalk.co.kr** **35**

영어 문장을 가린 후 우리말 의미만 보고 영어 문장을 말해보세요. MP3도 함께 들어보며 연습해보세요.

무료 강의 및
MP3 바로 듣기

🎧 10분 스피킹 핸드북_Day 69. mp3

Day 69

I wouldn't be surprised if ~ ~라고 해도 놀라지 않을 거야

네가 그런다고 해도 놀라지 않을 거야.　　**I wouldn't be surprised if** you did.

그것이 아니라고 해도 놀라지 않을 거야.　　**I wouldn't be surprised if** it wasn't.

그것이 일어난다고 해도 놀라지 않을 거야.　　**I wouldn't be surprised if** it happened.

네가 온다고 해도 놀라지 않을 거야.　　**I wouldn't be surprised if** you came.

그것이 사실이라고 해도 놀라지 않을 거야.　　**I wouldn't be surprised if** it was true.

🎧 10분 스피킹 핸드북_Day 70. mp3

Day 70

You would have to ~ 너는 ~해야 할 거야

너는 와야 할 거야.　　**You would have to** come.

너는 더 열심히 일해야 할 거야.　　**You would have to** work harder.

너는 그들에게 물어봐야 할 거야.　　**You would have to** ask them.

너는 그것을 사야 할 거야.　　**You would have to** buy it.

너는 오랫동안 기다려야 할 거야.　　**You would have to** wait a long time.

Day 71

You wouldn't believe ~ 너는 ~을 믿지 않을 거야

너는 그것을 믿지 않을 거야.	**You wouldn't believe** it.
너는 그가 말한 것을 믿지 않을 거야.	**You wouldn't believe** what he said.
너는 내가 본 것들을 믿지 않을 거야.	**You wouldn't believe** the things I've seen.
너는 무슨 일이 일어났는지 믿지 않을 거야.	**You wouldn't believe** what happened.
너는 내가 네게 말해도 나를 믿지 않을 거야.	**You wouldn't believe** me if I told you.

Day 72

Can you help me ~? ~ 좀 도와줄래?

이것 좀 도와줄래?	**Can you help me** with this?
내 숙제 좀 도와줄래?	**Can you help me** with my homework?
다시 좀 도와줄래?	**Can you help me** again?
내가 이해하는 것 좀 도와줄래?	**Can you help me** understand?
그를 찾는 것 좀 도와줄래?	**Can you help me** find him?

10분 스피킹 핸드북 / 해커스톡 영어회화 10분의 기적 패턴으로 말하기

영어 문장을 가린 후 우리말 의미만 보고 영어 문장을
말해보세요. MP3도 함께 들어보며 연습해보세요.

무료 강의 및
MP3 바로 듣기

🎧 10분 스피킹 핸드북_Day 73. mp3

 Day 73

Can you tell me ~? ~를 알려 줄래?

내가 어디 있는 건지를 알려 줄래?	**Can you tell me** where I am?
시간을 알려 줄래?	**Can you tell me** the time?
무슨 일이 일어났는지를 알려 줄래?	**Can you tell me** what happened?
왜 그런지를 알려 줄래?	**Can you tell me** why?
그것이 어디 있는지를 알려 줄래?	**Can you tell me** where it is?

🎧 10분 스피킹 핸드북_Day 74. mp3

Day 74

I can't say ~ ~라고는 못하겠어

그렇다고는 못하겠어.	**I can't say** that.
내가 그를 알았다고는 못하겠어.	**I can't say** I knew him.
너에게 아니라고는 못하겠어.	**I can't say** no to you.
내가 그것에 동의한다고는 못하겠어.	**I can't say** I agree with that.
그것이 다시 일어나지 않는다고는 못하겠어.	**I can't say** it won't happen again.

Day 75

I can't believe ~ ~을 믿을 수 없어

네가 그것을 몰랐다는 것을 믿을 수 없어.	**I can't believe** you didn't know that.
내가 해냈다는 것을 믿을 수 없어.	**I can't believe** I made it.
그것을 믿을 수 없어.	**I can't believe** it.
네가 결혼한다는 것을 믿을 수 없어.	**I can't believe** you're getting married.
네가 그렇게 말했다는 것을 믿을 수 없어.	**I can't believe** you said that.

Day 76

I can't tell ~ ~를 말할 수 없어

무슨 일이 일어났는지 네게 말할 수 없어.	**I can't tell** you what happened.
내가 얼마나 너를 사랑하는지 네게 말할 수 없어.	**I can't tell** you how much I love you.
내가 어떻게 느끼는지 말할 수 없어.	**I can't tell** how I feel.
아무것도 네게 말할 수 없어.	**I can't tell** you anything.
왜인지 네게 말할 수 없어.	**I can't tell** you why.

영어 문장을 가린 후 우리말 의미만 보고 영어 문장을
말해보세요. MP3도 함께 들어보며 연습해보세요.

무료 강의 및
MP3 바로 듣기

🎧 10분 스피킹 핸드북_Day 77. mp3

 Day 77

I can't imagine ~ ~을 상상할 수 없어

네가 어떤 기분일지 상상할 수 없어. **I can't imagine** how you feel.

네가 무슨 일을 겪고 있는지 상상할 수 없어. **I can't imagine** what you're going through.

무엇이 일어났는지 상상할 수 없어. **I can't imagine** what happened.

네가 없는 삶을 상상할 수 없어. **I can't imagine** my life without you.

무엇이 문제인지 상상할 수 없어. **I can't imagine** what the problem is.

🎧 10분 스피킹 핸드북_Day 78. mp3

Day 78

I can't help but ~ ~하지 않을 수 없어

궁금해하지 않을 수 없어. **I can't help but** wonder.

그렇게 생각하지 않을 수 없어. **I can't help but** think that.

웃지 않을 수 없어. **I can't help but** laugh.

알아채지 않을 수 없어. **I can't help but** notice.

이렇게 느끼지 않을 수 없어. **I can't help but** feel this way.

I can't afford to ~ ~할 여유가 없어

그렇게 할 여유가 없어.	**I can't afford to** do that.
먹을 여유가 없어.	**I can't afford to** eat.
신경 쓸 여유가 없어.	**I can't afford to** care.
집을 살 여유가 없어.	**I can't afford to** buy a house.
아플 여유가 없어.	**I can't afford to** get sick.

I could tell ~ 나는 ~을 알 수 있었어

나는 차이점을 알 수 있었어.	**I could tell** the difference.
나는 끝났다는 것을 알 수 있었어.	**I could tell** it was over.
나는 네가 달랐다는 것을 알 수 있었어.	**I could tell** you were different.
나는 네가 행복했다는 것을 알 수 있었어.	**I could tell** you were happy.
나는 내가 옳았다는 것을 알 수 있었어.	**I could tell** I was right.

영어 문장을 가린 후 우리말 의미만 보고 영어 문장을
말해보세요. MP3도 함께 들어보며 연습해보세요.

무료 강의 및
MP3 바로 듣기

🎧 10분 스피킹 핸드북_Day 81, mp3

 Day 81

I could have been ~   나는 ~일수도 있었어

나는 다쳤을 수도 있었어.	**I could have been** hurt.
나는 곤경에 처할 수도 있었어.	**I could have been** in trouble.
나는 죽을 수도 있었어.	**I could have been** killed.
나는 의사가 될 수도 있었어.	**I could have been** a doctor.
나는 너와 함께할 수도 있었어.	**I could have been** with you.

🎧 10분 스피킹 핸드북_Day 82, mp3

 Day 82

May I help you ~?   제가 ~을 도와드릴까요?

제가 그것을 도와드릴까요?	**May I help you** with that?
제가 무언가를 찾는 것을 도와드릴까요?	**May I help you** find something?
제가 다른 것을 도와드릴까요?	**May I help you** with something else?
제가 주문을 도와드릴까요?	**May I help you** with your order?
제가 무언가 도와드릴까요?	**May I help you** with anything?

Day 83

You might have ~ 너는 ~이었을지도 몰라

너는 바빴었을지도 몰라.	**You might have** been busy.
너는 나에게 말했었을지도 몰라.	**You might have** told me.
너는 그 소식을 들었었을지도 몰라.	**You might have** heard the news.
너는 옳았었을지도 몰라.	**You might have** been right.
너는 이미 알고 있었을지도 몰라.	**You might have** already known.

Day 84

You might think ~ 너는 ~라고 생각할지도 몰라

너는 그것이 중요하지 않다고 생각할지도 몰라.	**You might think** it doesn't matter.
너는 내가 신경 쓰지 않는다고 생각할지도 몰라.	**You might think** I don't care.
너는 네가 똑똑하다고 생각할지도 몰라.	**You might think** you are smart.
너는 그것이 더 낫다고 생각할지도 몰라.	**You might think** it's better.
너는 네가 그것을 할 여유가 없다고 생각할지도 몰라.	**You might think** you can't afford it.

영어 문장을 가린 후 우리말 의미만 보고 영어 문장을
말해보세요. MP3도 함께 들어보며 연습해보세요.

무료 강의 및
MP3 바로 듣기

Day 85

I might be able to ~   나는 ~할 수 있을지도 몰라

나는 올 수 있을지도 몰라.	**I might be able to** come.
나는 너를 도와줄 수 있을지도 몰라.	**I might be able to** help you.
나는 무언가 할 수 있을지도 몰라.	**I might be able to** do something.
나는 끝낼 수 있을지도 몰라.	**I might be able to** get it done.
나는 너와 함께할 수 있을지도 몰라.	**I might be able to** join you.

Day 86

I should be able to ~   나는 꼭 ~할 수 있을 거야

나는 꼭 올 수 있을 거야.	**I should be able to** come.
나는 꼭 그것을 고칠 수 있을 거야.	**I should be able to** fix it.
나는 꼭 그것을 살 수 있을 거야.	**I should be able to** buy it.
나는 꼭 더 잘 할 수 있을 거야.	**I should be able to** do better.
나는 꼭 이것을 스스로 할 수 있을 거야.	**I should be able to** do this myself.

Day 87

I should have known ~ 나는 ~을 알았어야 했어

나는 진실을 알았어야 했어.	**I should have known** the truth.
나는 이것에 대해 알았어야 했어.	**I should have known** about this.
나는 네가 옳았다는 것을 알았어야 했어.	**I should have known** you were right.
나는 더 잘 알았어야 했어.	**I should have known** better.
나는 무엇을 해야 할지 알았어야 했어.	**I should have known** what to do.

Day 88

You should know ~ 너는 ~ 알아야 해

너는 그것을 알아야 해.	**You should know** it.
너는 네가 혼자가 아니라는 것을 알아야 해.	**You should know** you're not alone.
너는 내가 너를 사랑한다는 것을 알아야 해.	**You should know** I love you.
너는 더 잘 알아야 해.	**You should know** better.
너는 지금쯤은 그것을 알아야 해.	**You should know** that by now.

영어 문장을 가린 후 우리말 의미만 보고 영어 문장을 말해보세요. MP3도 함께 들어보며 연습해보세요.

무료 강의 및
MP3 바로 듣기

🎧 10분 스피킹 핸드북_Day 89, mp3

You should have seen ~ 너는 ~을 봤어야 했어

너는 그 영화를 봤어야 했어.	**You should have seen** the movie.
너는 그 인파를 봤어야 했어.	**You should have seen** the crowd.
너는 그것을 봤어야 했어.	**You should have seen** it.
너는 무슨 일이 일어났는지를 봤어야 했어.	**You should have seen** what happened.
너는 전에 그를 봤어야 했어.	**You should have seen** him before.

🎧 10분 스피킹 핸드북_Day 90, mp3

Day 90

I must say ~ 나는 ~라고 꼭 말해야겠어

나는 그것이 놀라웠다고 꼭 말해야겠어.	**I must say** it was amazing.
나는 내가 미안하다고 꼭 말해야겠어.	**I must say** I'm sorry.
나는 내가 널 사랑한다고 꼭 말해야겠어.	**I must say** I love you.
나는 네게 고맙다고 꼭 말해야겠어.	**I must say** thank you.
나는 잘 가라고 꼭 말해야겠어.	**I must say** goodbye.

Day 91

I must admit ~ 나는 ~을 인정해야겠어

나는 내가 그것을 좋아한다는 것을 인정해야겠어. **I must admit** I like it.

나는 내가 사랑에 빠졌다는 것을 인정해야겠어. **I must admit** I fell in love.

나는 내가 틀렸다는 것을 인정해야겠어. **I must admit** I was wrong.

나는 내가 놀랐었다는 것을 인정해야겠어. **I must admit** I was surprised.

나는 그것이 좋았다는 것을 인정해야겠어. **I must admit** it was good.

Day 92

I feel like ~ ~인 것 같은 기분이야

대장인 것 같은 기분이야. **I feel like** a boss.

십대인 것 같은 기분이야. **I feel like** a teenager.

너를 믿을 수 있을 것 같은 기분이야. **I feel like** I can trust you.

내가 틀린 것 같은 기분이야. **I feel like** I'm wrong.

집에 있는 것 같은 기분이야. **I feel like** I'm at home.

10분 스피킹 핸드북 / 해커스톡 영어회화 10분의 기적 패턴으로 말하기

영어 문장을 가린 후 우리말 의미만 보고 영어 문장을
말해보세요. MP3도 함께 들어보며 연습해보세요.

무료 강의 및
MP3 바로 듣기

🎧 10분 스피킹 핸드북_Day 93. mp3

 Day 93

It seems like ~ ~인듯해

문제인듯해.	**It seems like** a problem.
일이 많은듯해.	**It seems like** a lot of work.
좋은 거래인듯해.	**It seems like** a great deal.
돈 낭비인듯해.	**It seems like** a waste of money.
좋은 계획인듯해.	**It seems like** a good plan.

🎧 10분 스피킹 핸드북_Day 94. mp3

 Day 94

I like the way ~ 나는 ~ 그대로가 좋아

나는 너인 그대로가 좋아.	**I like the way** you are.
나는 네가 생각하는 방식 그대로가 좋아.	**I like the way** you think.
나는 느껴지는 그대로가 좋아.	**I like the way** it feels.
나는 내가 보여지는 그대로가 좋아.	**I like the way** I look.
나는 네가 말하는 방식 그대로가 좋아.	**I like the way** you talk.

Day 95

I wonder if ~ 나는 ~인지 궁금해

나는 네가 아는지 궁금해.	**I wonder if** you know.
나는 네가 나를 도와줄 수 있는지 궁금해.	**I wonder if** you can help me.
나는 그것이 진짜인지 궁금해.	**I wonder if** it's true.
나는 네가 나를 생각하는지 궁금해.	**I wonder if** you think of me.
나는 내가 옳은 일을 하고 있는지 궁금해.	**I wonder if** I'm doing the right thing.

Day 96

Do you mind if I ~? 내가 ~해도 괜찮을까?

내가 가도 괜찮을까?	**Do you mind if I** go?
내가 너에게 전화해도 괜찮을까?	**Do you mind if I** call you?
내가 한 번 봐도 괜찮을까?	**Do you mind if I** take a look?
내가 와도 괜찮을까?	**Do you mind if I** come?
내가 여기 앉아도 괜찮을까?	**Do you mind if I** sit here?

영어 문장을 가린 후 우리말 의미만 보고 영어 문장을 말해보세요. MP3도 함께 들어보며 연습해보세요.

무료 강의 및
MP3 바로 듣기

🎧 10분 스피킹 핸드북_Day 97. mp3

Day 97

I used to ~   나 예전에 ~했어

나 예전에 그녀를 사랑했어.	**I used to** love her.
나 예전에 그런 사람들 중 하나였어.	**I used to** be one of those people.
나 예전에 채식주의자였어.	**I used to** be a vegetarian.
나 예전에 커피를 매일 마셨어.	**I used to** drink coffee every day.
나 예전에 여기 살았어.	**I used to** live here.

🎧 10분 스피킹 핸드북_Day 98. mp3

Day 98

I look forward to ~   나는 ~이 기대돼

나는 여름이 기대돼.	**I look forward to** the summer.
나는 네 연락이 기대돼.	**I look forward to** hearing from you.
나는 너와 함께 일하는 것이 기대돼.	**I look forward to** working with you.
나는 내 생일이 기대돼.	**I look forward to** my birthday.
나는 너를 만나는 것이 기대돼.	**I look forward to** meeting you.

Day 99

I came up with ~ 내가 ~을 생각해냈어

내가 요리법을 생각해냈어.	**I came up with** a recipe.
내가 계획을 생각해냈어.	**I came up with** a plan.
내가 그 아이디어를 생각해냈어.	**I came up with** the idea.
내가 그 답을 생각해냈어.	**I came up with** the answer.
내가 해결책을 생각해냈어.	**I came up with** a solution.

Day 100

Make sure ~ 절대 ~하지 마 / 꼭 ~해

절대 잊어버리지 마.	**Make sure** you don't forget.
꼭 연락하고 지내.	**Make sure** you keep in touch.
절대 그것을 놓치지 마.	**Make sure** you don't miss it.
꼭 안전에 유의해.	**Make sure** it's safe.
꼭 그것을 끝내.	**Make sure** you finish it.

10분 스피킹 핸드북 / 해커스톡 영어회화 10분의 기적 패턴으로 말하기